KB080140

책의 질문

책의 질문

초　판 1쇄 인쇄 2023년 5월 2일
초　판 1쇄 발행 2023년 5월 22일

지은이　우찬제
펴낸이　정중모
펴낸곳　열림원
편집인　민병일(문학판 기획 · 편집 · Art Director)

편집주간 김현정
편집장 서경진　디자인 이명옥 강희철
Art Director　Lee, Myung-ok

등록　1980년 5월 19일 (제406–2000–000204호)
주소　경기도 파주시 회동길 152
전화　031-955-0700 | 팩스　031-955-0661~2
홈페이지　www.yolimwon.com | 이메일　editor@yolimwon.com

Printed in Seoul, Korea

ISBN　979-11-7040-179-7 03810

책의 질문

우찬제 지음

열림원

Woman Reading by Window, Jessie Wilcox Smith (American, 1863-1935)

　책은 창이다. 인간과 세상을 바라보고 관찰하며 음미하는 창이다. 새로운 호기심을 불러일으키고 조금 다르거나 더 깊은 질문을 던지게 하는 창이다. 창가에서 책을 읽는 이 그림에 유난히 이끌리는 것도 그런 까닭일까. 제시 윌콕스 스미스(Jessie Willcox Smith, 1863~1935)의 「창가에서 책 읽는 여성(Woman Reading by Window)」. 미국 일러스트레이션 황금기를 빛낸 "가장 위대한 순수 일러스트레이터"로 꼽히는 그녀는 창가 책상 위에 여러 권의 책들을 세워 놓거나 쌓아 두었다. 복합적인 책의 우주 속에서 펼쳐진 책을 읽던 숙녀는 고개를 들어 책 너머 창밖을 살포시 응시한다. 막 읽은 내용을 음미하며 창밖의 현실과 우주에 새로운 길을 묻는다. 그윽한 응시는 심원한 질문과 통한다. 그러기에 질문의 창인 책은 우주로 통하는 길을 열어준다. 대개 창가에서 책 읽는 소녀/숙녀를 그린 그림에서 창은 그저 배경에 그치는 경우가 많다. 이 그림에서 그렇지 않은 것은 각별한 시선 덕분이다. 책을 읽던 눈은 책의 내용을 반추하며 책 너머 창가의 풍경에 그윽한 시선을 보낸다. 그 시선이 단순치 않다. 고즈넉하기만 한 게 아니다. 책의 내용과 창밖 외면 풍경과 본인의 내면 정경이 내밀하게 교감하면서 어떤 순간은 촛불처럼 격렬하게 사념들이 타오르기 때문이다. 타오르는 사념들은 또한 질문한다. 그 풍경 너머로 건너가고, 그 내면의 심연으로 내려가기 위해서는 새로운 질문들이 잇달아야 한다. 그러니 책은 곧 질문의 창이다.

천등산 박달재 아래 산골에서 살았던 어린 시절, 내게 내 세상 바깥으로 나가는 길은 오로지 비행운이었다. 아주 가끔 비행기가 저편으로 날아가면서 내는 비행운을 물끄러미 바라보면서, 그 방향으로 새로운 세상이 펼쳐질 것이라는 몽상에 사로잡히곤 했다. 사방이 산으로 가로막혀 있는 곳이었기에 그 산 너머의 풍경을 헤아리기 쉽지 않던 미몽의 유년기였다. 저 산 너머에는 무엇이 있을까? 또 산이 있을까? 너른 평야를 거쳐 바다가 펼쳐질까? 그렇다면 바다 건너에는 무엇이 있나? 또는 하늘은 얼마나 높은가? 하늘을 뚫고 그 위로 더 높게 비상할 수 있을까? 태양보다 더 높이 올라갈 수 있을까? 그렇게 올라갈 수 있는 동아줄이 있을까? 혹시 썩은 동아줄이면 어떡하나? …… 몽상은 자유롭고 활달했지만 막연했고 엉성했다. 몽상의 길은 자연스럽게 이어지지 않았다. 이어질 듯 끊어졌고, 끊어질 듯 다시 이어지기도 했다. 구멍이 많았고 빈틈이 즐비했다. 책을 읽기 시작하면서 조금씩 그 빈틈들을 메우며, 끊어졌던 몽상들을 이어가기도 했다. 자연의 풍경은 내게 자유로운 몽상으로 다가왔지만, 책 안의 풍경들은 더 구체적이고 더 실감 있게 다가왔다. 시골의 다락방에서 책을 읽다가 졸리면 편안하게 자다가 깨면 이어 읽고 하던, 순수한 책 읽기 시절이었다. 다락방에는 산쪽으로 난 작은 창이 있었다. 책을 읽다가 종종 산의 풍경을 바라보았다. 그런데 놀라워라. 풍경이 달라지면 책의 수용 양상도 달라졌고, 책에서 읽은 것에 따라 풍경은 재발견되었다. 창 안의 책과 창 밖의 풍경 사이에서 발견과 재발견을 거듭하면서, 질문을 던지고 새로운 길을 물으며 성장했던 것 같다. 누구에게나 그랬겠지만 내게도 책은 길이었다. 혹은 길을 찾기 위한 지도였다.

오래전 북미대륙에서 지내던 때의 이야기다. 수영장 탈의실을 이용할 때마다 깜짝 놀라곤 했다. 내 이름이 왜 여기 붙어 있지? CHANGE라고 적힌 탈의실의 명패를 내 이름 CHANJE로 잘못 읽어 놀란 것이다. 그러다가 내 이름을 닮은 CHANGE를 내 삶의 어떤 화두로 삼으면 어떨까? 질문했다. 나도 그렇고 함께 공부하는 후학들이 책을 읽고 연구하는 것이 결국 긍정적이고 소망스러운 변화의 길을 찾아가기 위한 것이겠기 때문이다. 이 에피소

드와 함께 나는 동행하는 후학들에게 이런 얘기를 자주 하게 되었다. 질문을 통해 창의성을 계발하는 역동적이고 혁신적인 변환기CHANGER가 되었으면 좋겠다고 말이다. 우리는 질문을 통해 '혼돈 속의 질서'chaosmos를 탐문하며 창의성creativity을 발현할 수 있다고(C), 질문을 통해 하이브리드hybrid한 복합적 현실을 투시하며 새로운 희망hope을 열어나갈 수 있다고(H), 질문하는 것은 탁월한 대안alternative을 발견하고 새로운 해답answer을 찾아나가는 예술art이라고(A), 질문을 통해 우리는 지식이나 일상생활 다방면에서 최신의newest 네트워킹networking을 확보할 수 있으며(N), 질문은 창의적인 발전기generator가 되고 이 발전기가 잘 돌아가면 타인에게 관대generosity할 수 있으며(G), 타인과 공감empathy하는 가운데 나와 남 그리고 세계와 자연 모두가 지속 가능한 발전을 추구할 수 있는 에코토피아ecotopia에 이르는 길에 동참할 수 있을 뿐만 아니라, 질문을 계속하는 한 자신을 정체의 늪에 머물게 하지 않고 끊임없이 스스로 정련refinement하고 개혁reformation해 나갈 것이라고(R), 그래서 당신들 누구나 창의적 변환기CHANGER로 희망을 열어나갔으면 좋겠다고, 그렇게 소망처럼 말해왔다. 또 말했다. "나는 질문한다, 고로 나는 존재한다!" 그런 생각과 창의적인 질문으로 희망찬 미래를 신나게 열어나가 보자고.

이런 생각으로 이 책에 이런저런 질문을 던졌다. 우리 시대의 고민과 고전적 지혜 및 성찰적 사유 사이의 대화가 빚어내는 질문들은 모두 6부로 구성되었다. 1부 '여기는 아닌, 지금은 아닌, 나는 아닌?'에서는 지속 가능성과 생명 평화론, 기후 위기 등과 관련되는 질문들을, 2부 '사막에서 우물의 노래를'에서는 경쟁이 강조되는 신자유주의 분위기를 거슬러서, 그 피로사회를 넘어 어떻게 웰빙의 가능성을 모색할 수 있을 것인가, 하는 질문들을 펼쳤다. 3부 '미친 상상으로 네잎 클로버를'에는 인간적이고 인문적인 것의 가능성 및 창의적 발견과 수행적 진화를 어떻게 추구할 것인가, 하는 질문들이, 4부 '절망의 산에서 희망의 돌멩이를'에는 절망을 심하게 앓는 시절에 어떻게 희망을 배울 수 있고 희망을 추구할 수 있을 것인가, 하는 질문들이 망라되어 있다. 또 5부 '무의미의 의미와 환대'에서는 삶의 의미에 대한 탐문과 인간성 회복을 위한 성찰의 질문들을, 그리고 6부 '나는 질문한다, 고로 존재한다!'에서는 책과 책 읽기와 관련된 다양한 사유 및 책의 질문과 관련한 근원적 지혜를 열어나가기 위한 질문들을 담았다. 미리 고백하거니와 여기서 던진 질문은 우리가 던질 수 있는 질문의 극히 일부분에 불과하다. 우리가 함께 읽었거나 아직 읽지 못한 책에는 무궁무진한 질문들이 보물처럼 숨어 있다. 질문의 보물창고인 책에서 더 많은 질문이 발굴되고 채굴되고 토론되고, 대화를 통해 새로운 스토리텔링으로 진화할 때 우리 사회와 문화는 새로운 지평과 척도를 알게 될 것이다.

특히 급변하는 챗GPT 환경에서 우리는 질문의 중요성을 더욱 절감한다. 지식이나 정보의 축적보다, 그것을 역동적으로 탈주하는 새로운 질문이 새로운 세계의 창을 열어젖힌다. 창의적 질문은 예기치 않은 정보들의 연결과 화학적 융합을 가로지르며 도래하지 않은 미래를 앞당겨 보여주게 한다. 문제 풀이에 앞서 문제를 발견하는 질문이 훨씬 요긴하다. 웬만한 풀이는 머잖아 챗GPT도 어느 정도 해줄 수 있겠기에 그렇다. 질문을 통해 우리는 존재의 정체성과 직능의 정당성을 아울러 모색할 수 있지 않을까. 깊은 질문이 깊은 학습과 연계되면서 깊은 삶을 연출하며 미래의 희망을 일구게 되지 않을까. 요컨대 질문은 미래를 여는 창이다.

이 책은 '우찬제의 책 읽기 세상 읽기'란 제목으로 『세계일보』에 연재했던 글들을 수정한 것이다. 연재 기회를 주신 세계일보사와 황온중 부장님께 감사드린다. 책을 내주신 정중모 대표님과 책을 내는 전 과정을 독려해주시고 관련 회화 작품을 직접 찾아 글과 어울리게 편집하여 책의 미학과 품격을 크게 높여주신 편집인 민병일 선생님, 그리고 서경진 편집장님의 노고에 심심한 사의를 표한다. 끝으로 이 책을 펴내는 작은 보람과 기쁨을 감사하는 마음으로 가족과 나누고 싶다.

2023년 3월 3일
로욜라도서관에서

우찬제

Peter Vilhelm Ilsted-Woman Reading- (Danish, 1861-1933)

2 사막에서 우물의 노래를

3 미친 상상으로 네잎 클로버를

4 절망의 산에서 희망의 돌멩이를

5 무의미의 의미와 환대

6 나는 질문한다, 고로 존재한다!

1

여기는 아닌,
지금은 아닌,
나는 아닌?

아끼는 마음[愛] 없이 아낄[儉] 수 있을까?

: 헬레나 노르베리-호지, 「오래된 미래: 라다크로부터 배운다」

　"백성들을 다스리고 자신을 닦는 데는 아끼는 것이 제일이다." 노자의 『도덕경』 59장은 이런 문장으로 시작한다. 이때 '아낀다'[嗇]는 말에는 '사랑한다'[愛]와 '절약한다'[儉]는 두 가지 의미가 중층적으로 함축되어 있는 것 같다. 조급한 보통 사람들은 많이 쓰게 되고[侈], 안정되어 있는 성인은 조금 쓰게[嗇] 된다고 한 '한비자'와 먼저 자신을 닦고 자신을 사랑하는 것이 모든 일의 근본임을 강조한 『여씨춘추』의 전거를 바탕으로, 노장 철학자 최진석은 그렇게 해석하며 이렇게 말한다. "어떻게 아끼는 마음[愛] 없이 아낄[儉] 수 있겠는가?" 그렇게 아끼는 마음으로 아끼다 보면 끝없이 덕을 쌓을 수 있고, 그러면 하지 못할 일이 없다는 노자의 목소리를 전한다. 또 하지 못할 일이 없으면 그 한계를 알 수 없다고 했는데, 어느 한쪽 편으로 기울지 않으니 그 능력이 무한할 수 있다는 해석을 가능케 한다.

'아끼다'는 말의 이치에 대해 숙고하게 된 것은 다름이 아니었다. 이른바 재활용품 수거 대란은 단순한 안타까움을 넘어 구체적으로 다가올 재난을 극적으로 환기하는 사건처럼 보였다. 조급하게 많이 쓰고, 많이 버리는 소비사회의 행위 패턴이 부메랑이 되어 쓰레기 무기로 둔갑하고 있는 상황 아닌가. 아파트 단지마다 수거되지 않은 폐비닐 더미들이 세계 파국이란 재앙의 조짐처럼 여겨지기도 했던 것이다. 도대체 어쩌자고 저 많은 쓰레기들을 배출하게 되었을까. 아끼는 마음은 다 어디가고 조급한 마음만 남은 것일까. 혹 삶은 어쩌면 쓰레기 생산 경주와도 같은 것이었을까. 꼭 그렇지는 않다고, 서구 문명에 휘둘리기 전 라다크의 풍경은 그렇지 않았다고, 스웨덴 출신 환경운동가 헬레나 노르베리-호지는 말한다. 널리 알려진 『오래된 미래: 라다크로부터 배운다』가 그것이다.

작은 티베트라고 불리는 라다크는 인도 땅에 속하지만, 티베트처럼 불교 문화 속에서 더불어 살며 삶의 기쁨으로 충만했다고 보고된다. 모든 것은 연결되어 있다는 유기적 사고를 바탕으로 공동체적인 삶을 영위했다. 그런 풍경이 유럽에서 온 외부인에게는 매우 낯설었다. 더욱이 황무지를 방불케 하는 어려운 환경임에도 나름대로 행복한 삶을 영위해 나가는 현상이 인상적이었다. 그런 라다크 사람들로부터 저자는 '아끼다'는 의미를 새롭게 발견한다. "제한된 자원을 조심스럽게 쓰는 것은 인색함과는 아무런 관련이 없다. 이것이 검약의 본래 뜻, 즉 작은 것에서 더 많이 얻어내는 일이다. 우리가 어떤 것이 다 낡아서 아무 가치가 없어졌다고 생각하여 내버릴 만한 경우에 라다크 사람들은 무언가 그 용도를 찾아낼 것이다. 어떤 것도 그저 내버려지는 않는다. 사람이 먹을 수 없는 것은 짐승에게 먹일 수 있고, 연료로 쓸 수 없는 것은 땅에 거름이 될 수 있다."(『오래된 미래』)

살아있는 세계와 교감하며, 아껴 쓰고 나눠 쓰고 바꿔 쓰고 다시 쓰는 유기적 삶의 양식을 자연스레 실천했던 라다크 사람들이야말로 『도덕경』에서 강조했던 아끼는 마음으로 한계를 넘어서는 생생한 사례가 아닐까. 물론 우리는 결코 과거로 돌아갈 수 없다. 그러나 올바른 미래를 위해서 우리는 자연과의 더 큰 조화를 이루는 근본적인 패턴으로 돌아갈 수밖에 없다는 게 저자의 생각이다. 그래서 '오래된 미래'다. '오래된 미래'는 오래된 질문을 소환한다. 아끼는 마음[愛]없이 아낄[儉] 수 있을까?(2018.4.7.)

그는 왜 나무를 심었을까?

: 장 지오노, 「나무를 심은 사람」

1913년 프랑스 프로방스의 낙후한 시골 마을. 열 두어 채의 집이 있었지만 단 세 사람만이 사는 황무지 같은 마을. 쐐기풀이 버려진 집들의 주위를 뒤덮은 풍경이 신산스럽기만 하다. 게다가 덫으로 동물을 잡아먹고 사는 이들의 모습은 선사시대 원시인의 모습으로 그다지 멀어 보이지 않는다. 세 명뿐이지만 서로 늑대처럼 으르렁거리며 먹을거리를 놓고 싸웠고, 서로 미워했다. 야만스런 생활 조건은 전혀 희망을 알지 못하게 했고, 덕성에 터를 둔 행복과도 멀어지게 했다.

그로부터 32년이 지난 1945년, 그 마을은 놀랍도록 달라졌는데, 널리 알려진 장 지오노의 『나무를 심은 사람』의 서술자는 이렇게 보고한다. "모든 것이 변해 있었다. 공기까지도. 옛날에 나를 맞아주었던 건조하고 난폭한 바람 대신에 향긋한 냄새를

실은 부드러운 미풍이 불고 있었다. 물 흐르는 소리 같은 것이 저 높은 언덕에서 들려오고 있었다. 그것은 바람 소리였다. 게다가 더 놀라운 것은 못 속으로 흘러들어가고 있는 진짜 물소리가 들리는 것이었다. 나는 샘이 만들어져 있는 것을 보았다. 물은 풍부하게 넘쳐흘렀다. 그리고 나를 가장 감동시킨 것은 그 샘 곁에 이미 네 살의 나이를 먹었음직한 보리수나무가 심어져 있는 것이었다. 이 나무는 벌써 무성하게 자라 있어 의문의 여지없이 부활의 한 상징임을 보여주고 있었다."

부활의 한 상징이라고 했다. 희망 없던 황무지가 거대한 숲으로 바뀐 이 기적은 어떻게 일어난 것일까. 단지 강산이 변해도 세 번 넘게 변할 수 있는 시간이 지났기 때문이었을까. 아니었다. 그 기적을 예비하기 위해, 희망을 심고 행복을 가꾼 사람이 있었다. 나무를 심은 사람 엘제아르 부피에. 그는 왜 나무를 심었을까? 나무가 없기 때문에 땅이 죽어간다고 생각했던 까닭이다. 5년간 일차세계대전에 참전하여 온갖 죽음의 현상을 직접 목도한 그에게 생명의 살림은 가장 중요한 가치였다. 그런데 그런 가치들은 여전히 요원하고 세상은 생명을 어렵게 하는 경쟁으로만 치달았다. "숯을 파는 것을 놓고, 교회의 자리를 놓고" 경쟁하고, "미덕美德들을 놓고, 악덕惡德을 놓고, 그리고 선과 악이 뒤엉클어진 것들을 놓고" 끊임없이 경쟁하는 세상에서, '나무를 심은 사람'은 오로지 황무지가 되어가는 땅을 살리기 위해 나무를 심는다. 그는 땅의 생명을 되살리기 위해 사심 없이 나무를 심었다. 오랜 시간이 지난 뒤 그 결과는 사뭇 창대 했다. 끈질기게 나무를 심고 가꾼 그의 아낌없는 노력 덕분에 새로운 숲이 탄생하고, 수자원이 회복되었으며, 그 덕분에 땅과 사람들 공히 희망과 행복의 부활을 체감하게 되었던 것이다.

나무나 숲의 효용이나 가치에 대해서 새삼 되풀이할 필요는 없겠다. 이산화탄소를 줄이고 지구의 생명을 건강하게 하는데 나무가 어떤 역할을 하는지, 시시콜콜한 통계수치를 바탕으로 설명하지 않아도 좋으리라. 봄이 왔지만 미세먼지와 기후 위기 탓에 걱정인 마음들은 이미 많은 것을 알고 있기 때문이다. 자신의 폐를 보호하기 위해 고기능성 마스크를 주문하는 불안한 우리에게, 장 지오노의 주인공 부피에는 이렇게 권할 지도 모른 다. 온갖 공해로 상처받은 땅의 신음에 귀 기울여 보라고, 그 상 처받은 땅에 생명을 식목해 보라고, 그 어떤 보상도 바라지 않 고 그저 나무를 심어 보라고, 나날이 식목일인 것처럼 나무를 심어 보라고……(2018. 3. 24.)

철쭉 속의 무한 우주, 그 '알지 못함'의 비밀은?

: 웬델 베리, 『삶은 기적이다』

"한 알의 모래에서 세계를 보고/ 한 송이 들꽃에서 천국을 보라." 신비로운 체험을 시로 형상화했던 영국 시인 윌리엄 블레이크의 「순수의 전조」 부분이다. 정말 그렇게 볼 수만 있다면 얼마나 좋으랴. 한 순간에서 영원을 보고, 모래 한 알에서 세계를 보고, 그 무한의 우주를 체험하고 터득할 수 있다면 참으로 황홀하겠다. 그렇지만 그런 황홀경이 실제 삶에서 계속 미뤄질 수밖에 없기에, 일련의 실망이나 절망 속에서도 다시 도전하는 게 아닐까.

흔히 '대지의 청지기'로 불리는 미국의 농부이자 시인, 문명 비평가인 웬델 베리는 과학 기술에 근거한 현대 문명을 심각하게 비판한다. 그가 보기에 과학 기술은 객관적 앎의 척도를 제공하기보다 존재하는 생명을 제대로 못 보게 하는 경우가 많다. 가령 모래를 알기 위해 미분화하여 분석, 종합하지만 정작 모래에서 세계를 볼 수 있는 거룩함의 경지에는 이를 수 없다. 과학적으로 분석할 때 들꽃의 신비도, 손바닥 안의 무한도 터득하기 어렵다. 그 이유는 피조물 자체의 생명성보다 과학적 환원주의로 치닫기 때문이다. 『삶은 기적이다』에서 베리는 그 위험성을 논한다. 피조물을 대하는 태도가 경의에서 인식으로 바뀐 것이나, 자연에 대한 인간의 관계가 "청지기에서 절대적 소유자, 관리자, 기술자로 바뀐 것", 그리고 생명의 "'거룩함holy'을 '전체성holistic'으로 바꾼 것"도 위험하다고 지적한다. 소박한 듯 심원한 그의 얘기를 들어보자.

"생명은 우리가 향유하는 것이지만, 우리 너머에 있다. 어떻게 해서, 왜 우리가 생명을 누리게 되었는지 우리는 알지 못한다. 생명에, 그리고 우리 자신에게 무슨 일이 일어날지 우리는 알지 못한다. 그것은 예측할 수 없다. 우리는 생명을 파괴할 수는 있지만 만들 수는 없다. 생명은 통제될 수 없다. 생명에 대한 통제는 환원주의와 함께 엄청난 파괴의 위험성을 내포한다."

그는 과학적으로 모든 것을 설명하고 조정할 수 있다는 생각은 타당하지 않은 현대의 미신이라고 말한다. '알지 못함'의 심연을 헤아리지 못한 채 '앎'으로 포장되는 사례가 많은 까닭이다. 그가 보기에 삶은 온갖 '알지 못함'으로 넘쳐나는 신비로운 것이고, 과학적으로 분석 가능한 것 이상으로 훨씬 기적적인 것이다. 그런 성격을 회복하는 일이 긴요하다. 신비롭고 기적적인 삶의 심연으로 내려가기 위해 기준과 목적의 변화를 모색해야 한다. "피조물과 애정으로 가득 찬 세계로, 우리가 살고 있는 기쁨과 슬픔의 세계로, 모든 과정들에 앞서면서 동시에 그 뒤에도 살아남는 세계"로 돌아가기 위해서는 기술적 능력보다는 지역과 공동체의 성격에 근거해 행동해야 하며, 생산성보다는 지역에 대한 적응성, 기술혁신보다는 친밀성, 힘보다는 우아함, 소비보다는 검소함 같은 건강하고 타당한 생태 윤리의 지평으로 전환할 필요가 있음을 그는 강조한다. 그래야 다시 절망에 도전할 수 있단다.

인공지능, 로봇기술, 생명과학이 주도할 4차산업혁명의 빛과 그림자에 대한 논란이 분분하다. 기적적인 삶의 신비, 그 '알지 못함'의 심연이 그 어두운 그림자에 매몰되지 않도록 지혜를 모아야 하지 않을까 싶다. 마침 벚꽃이 지고 철쭉이 신비롭게 피어나는 계절 아닌가? '알지 못함'의 비밀을 향한 질문을 거듭하게 하는 때 아니던가?(2017.4.22.)

생물 다양성을 어떻게 추구할까?

: 제인 구달 외, 「희망의 자연」

　　"자연의 회복력과 불굴의 정신이 있으니 아직 희망은 있다." 스물여섯 살 젊은 여성으로서는 위험하기도 했을 탄자니아 열대 우림으로 가 침팬지 연구에 평생을 바친 세계적인 환경 운동가이자 침팬지들의 대모 제인 구달의 말이다. 그녀가 동료들과 함께 쓴 『희망의 자연』은 세계 도처에서 멸종 위기에 놓인 동식물들을 되살리려 애쓴 아름다운 영혼을 지닌 사람들의 간절한 이야기들로 가득하다. 왜 그런 사람들이 이야기가 중요한가. 아니, 왜 그런 사람들의 절박한 노력이 요구되는가. 구달 박사에 따르면 지구에서 동식물들은 늘 생존의 위협을 받았는데 점점 그 위협이 커지고 있기 때문이다. "인구 성장, 미래를 생각지 않는 생활 방식, 절박한 빈곤, 줄어드는 수자원, 대기업의 탐욕, 지구 기후 변화 등을 비롯한 이 모든 것들은 우리가 끊임없이 불침번을 서지 않는 한 지금껏 이루어 온 모든 성과를 순식 간에 무로 돌리고 말리라."

그런 위협으로부터 멸종 동식물들을 구하고자 목숨을 걸고 불침번을 선 사람들의 이야기, 지구의 상처를 치유하고 생물다 양성의 가치와 공존의 윤리를 실천하고자 했던 사람들의 눈물 겨운 이야기들을 통해 저자는 여전히 희망의 가능성을 역설한 다. 알바트로스의 알들을 보살피기 위해 목숨 걸고 절해고도의 바위 절벽을 기어오르는 조류학자들이 있고, 독극물에 오염되 지 않은 안전한 모이를 독수리들에게 주기 위해 네팔 오지에서 급식소를 운영하는 젊은이들이 있고, 벌목 회사를 설득해 원서 식지를 복원하는 현장 생물학자들이 있는 한, 아직 희망이 있다 는 얘기다.

가령 캘리포니아콘도르도 멸종 위기에 처했었다. 한때 멕시 코 바하칼리포르니아에서 캐나다 브리티시콜롬비아 서해안에 이르기까지 광범위하게 서식했던 북미지역에서 가장 큰 새였 다. 그런데 점점 개체수가 줄어들어 1974년에는 2마리만 관찰 되었다. 1980년부터 이 독수리의 멸종을 막기 위한 번식 노력 을 기울인다. 마지막 남은 캘리포니아콘도르를 포획하여 번식 센터에서 산란과 부화를 관리하고, 일정하게 자라면 야생으로 방생하고, 그 이후 야생에의 적응 과정까지 추적하면서 관리했 다. 야생에서는 주로 인간이 버린 쓰레기나 독성 물질이 문제

였다. 독수리들은 "병뚜껑과 딱딱한 작은 플라스틱 조각, 유리
조각" 같은 인간이 버린 쓰레기를 먹고 탈이 났고, 바로 조치를
취하지 않으면 위험에 빠질 수도 있었다. 번식팀은 그 어려운
일을 해내어 멸종 위기에서 구해냈고, 그 결과 그랜드 캐니언을
비롯한 여러 지역에서 캘리포니아콘도르가 비상하면서 내는
천상의 음악을 듣게 되었다고 한다.

물론 멸종 위기의 동식물들을 구하기 위해서는 막대한 예산
이 소요되기도 한다. 그래서 종종 당장 위험과 곤란에 처한 인
간들도 많은데, 동식물들을 위해 그런 돈과 힘을 들여야 하느냐
는 비판도 만만치 않다. 어디나 있는 환경정책의 딜레마다. 그
러나 인간의 영혼을 건강하게 되살리기 위해서라도 다양한 생
물종으로 활력 있는 야생이 필요하다고 구달은 말한다. 관련
하여 그녀가 인용한 로드 세일러(워싱턴 주에서 피그미토끼를 구하
려 애쓰는 운동가)의 말이 주목된다. "만약 우리가 무지나 탐욕 때
문에 멸종을 초래한다면, 각각의 멸종 위기 종과 고유한 군락
이 매번 사라질 때마다, 우리 세계는 그만큼 다양성을 잃고, 아
름다움과 신비로움 또한 상상도 하지 못할 정도로 사라지고 말
것입니다. 우리의 해양과 초지, 숲들은 침묵으로 메아리칠 테
고, 인간의 마음은 알 수 없는 공허감을 느끼게 될 겁니다. 그렇
지만 그때 가면 너무 늦지요." 멸종 위기는 시간이 지날수록 더
가속화될 수 있다. 인간이란 종 역시 거기서 예외일 수 없음을

강조하는 이들도 무척 늘어났다. 그러니 우리는 근본적인 질문을 탐문해야 하리라. 어떻게 생명 다양성을 추구할 수 있을 것인가? (2017. 7. 16.)

Portrait de Mme Morisot et de sa fille Mme Pontillon ou La lecture,
Berthe Morisot (France, 1841~1895)

가난한 문명인과 풍요로운 미개인 사이,
우리의 선택은?

: 헨리 데이비드 소로 「월든」

"세상을 천막 삼아 살면서 계곡을 누볐고, 널찍한 평원을 가로 질렀으며, 산꼭대기에 올랐"던 인간이 집을 갖게 되면서 "자신이 만든 도구의 도구가 되고 말았다"고 탄식했던 이가 헨리 데이비드 소로(Henry David Thoreau, 1817~1862)였다. 하버드대학을 졸업한 수재였지만 잠시 가업이었던 연필제조업을 돕거나, 측량 업무나 교사로 일한 것을 제외하면, 평생을 자연 상태에서 '자연과 인생의 진실 탐구'에 몰입하며 영향력 있는 글을 쓴 사상가이자 작가다.

1945년 3월 스물여덟의 소로는 도끼 하나를 빌려 월든 호숫가 숲으로 갔다. 숲 가까이에 스스로 집을 지어 자신이 추구하는 진실을 실험해보기 위해서였다. 집을 지을 재료를 가능하면 스스로 마련하거나 재활용한 결과 그는 28달러 12.5센트로 오두막집을 완성하고, 미국 독립기념일인 7월 4일 이주하여 2년 2월 2일 동안 그곳에서 자급자족하며, 성찰하고 글을 썼다. 『콩코드 강과 메리맥 강에서 보낸 일주일』이 거기서 완성되었고, 평판작 『월든』의 많은 원고가 거기서 집필되었다.

숲속에서 소로는 인간이 자연에 잠시 머무는 존재였다는 사실을 상기한다. 소유하고 정주하는 문명적 존재 이전에 인간은 자연을 이용하며 유희하는 유목민에 가까웠다. 허기가 지면 열매를 따서 허기를 채웠던 과거에서 농부가 되어 농사를 짓고 축적하게 되었다. 나무 아래에서 잠시의 피신처로 만족하던 인간이 집을 갖게 되면서, 밖에서 야생의 밤을 보내지 않게 되었다. 그러면서 "땅에 자리 잡고 앉아 하늘을 잊어버렸다"고 그는 쓴다.

그는 깨어 있는 삶을 살기 위해 숲으로 들어갔다고 했다. 시속의 흐름에 자기 삶을 방치하거나 체념하지 않고, 진정으로 자기 삶을 살고 싶었다고 했다. 그것을 위해 본질적인 성찰을 하고 삶의 정수를 터득할 수 있기를 소망했다. 그 숲속에서의 성찰의 결과들이 『월든』의 곳곳에 담겨 있다. 그가 보기에 예전의 미개인들은 자연 상태에서 자족적으로 풍요로웠다. 그러나 미개의 삶을 개선하기 위해 인공적으로 진화한 문명인들은 역설적으로 점점 가난하게 되었다. 집을 소유하고, 옷을 마련하기 위해 은행에 빚을 져야 하는 일이 많아졌다. 소로가 보기에 가난한 문명인의 곤혹은 삶에 대한 기본적인 태도에서 기인한다.

가령 인간은 필수품이 부족해 굶주린다기보다 사치품에 굶주리는 경우가 많다. "사치를 좋아하는 방탕한 사람이 유행을 만들어내면, 사람들이 부지런히 그 유행을 따른다." 욕망과 과시소비는 문명인들을 더 가난하게 만들고, 부채에 시달리게 한다. 소로는 소박한 삶의 지혜를 제안한다. 소박하게 살면 조금 불편하거나 힘들 수 있지만, 그 시련도 즐거운 유희로 받아들여질 수 있음을 경험을 통해 강조한다. 이런 그의 생각은 간디에게도 중대한 영향을 미쳤다. 소박하지만 나날을 진실로 충만하게 사는 것, 그것이 최고의 예술임을 간파한 소로는, 다른 사람이 간 길이 아니라 자신만이 갈 길을 신중하게 선택하라고 권면한다.

과거에 놓친 기회를 아쉬워하거나 현재의 결여를 슬퍼하는 것도 가난해지는 원인이 된다. 그러기보다는 감사하는 마음으로 자신과 자연을 성찰하면서 삶의 결을 헤아리는 게 풍요롭게 사는 지혜다. 길을 잃는 순간 새로운 깨달음은 이어지고, 버리고 비우는 순간 충만의 새로운 계기는 마련된다. "몇 방울의 이슬에도 감사하는 풀잎처럼 늘 현재에 살고, 닥치는 모든 일을 잘 견뎌낸다면 우리는 축복받은 것이다. 이미 봄이 왔는데도 우리는 아직 겨울 속을 서성거린다."

봄꽃을 완상하는 상춘객들의 풍경과 가계부채가 한국경제

의 무서운 뇌관이 될지도 모른다는 경고성 기사들을 겹쳐 놓으면서 문득 소로가 떠올랐다. 춘래불사춘春來不似春! (2016.4.9.)

어떻게 다양성 속의 조화를 이룰까?

: 제러미 리프킨, 「유러피언 드림」

"세계적으로 연결되는 동시에 지역적으로 소속되기를 갈망하는 세대는 포괄성, 다양성, 삶의 질, 지속 가능성, 심오한 놀이, 보편적 인권, 자연의 권리, 평화에 중점을 두는 유러피언 드림에 점점 더 매력을 느끼고 있다." 2004년 제러미 리프킨의 말이다. 『유러피언 드림』에서 그는 EU를 중심으로 한 유럽인들의 새로운 비전 추구 과정을 폭넓게 주목하면서, 아메리칸 드림의 퇴색과 유러피언 드림의 보편화를 논의한다. 과거 유럽에서 실패하고 미국에서 새로운 꿈을 펼쳤던 미국인들과 현재 새로운 미래를 설계하는 유럽인들의 비전과 그 맥락이 어떻게 다른지 주목한다. 부를 축적하는 것보다 개인적 변혁을 더 중시하고, 정신의 고양을 더 지향하며, 물질적 영토보다 인간적 공감대의 확장을 추구하려는 경향에서, 이상적인 미래의 새로운 방향을 예감한다는 것이다. 이전의 아메리칸 드림이 경제 성장, 개인의 부, 독립을 중시했다면, 이제 새로운 꿈의 방향은 지속 가능한 개발, 삶의 질, 상호 의존 관계에 초점을 맞추어 추구된다. 노동 윤리를 중시했던 과거와는 달리 새로운 유러피언 드림은 여가와 심오한 놀이(완전한 몰입을 통해 삶의 의미를 깨닫고 희열을 느낄 수 있는 활동)를 즐긴다. 재산권보다 보편적 인권 및 자연의 권리를 강조하고, 일방적 무력 행사를 자제하고 다원적 협력을 모색한다.

흥미로운 대목이 많지만 두 가지만 주목해 보자. 우선 네트워크 효과. 일찍이 애덤 스미스가 "사람은 누구나 활용할 수 있는 자본이면 무엇이든 가장 이익이 되는 방향으로 쓰려고 노력한다. 그가 생각하는 것은 자기 자신의 이익이지 사회의 이익이 아니다. 그러나 자신의 이익을 탐구하다 보면 자연적으로, 아니 필연적으로 사회에 가장 이익이 되는 활용 방법을 선호하게 된다."(『국부론』)고 말했을 때, 많은 이들이 의심했다. 그러나 네트워크 효과로 스미스의 설득력은 상당히 보충될 것 같다. "서로 긴밀하게 융합된 관계는 네트워크 각 구성원의 관리 비용을 줄이고, 의사 결정을 신속하게 만들며, 조직의 적응력을 높이는 데 크게 기여한다. 그 혜택은 네트워크 구성원 자체뿐만 아니라 네트워크 전체에 이익이 된다." 이런 브라이언 우지의 논거를 원용하면서 리프킨은 분산 속의 제휴와 연대를 통해 상생할 수 있는 네트워크 효과에 착목한다.

둘째로 다양성 속의 조화. 유러피언 드림은 '중심이 없는 정부'를 지향한다. 더 이상 중앙에서 지시되지 않는 정부 형태는 첨단 네트워크 사회의 반영물이다. 새로운 통신 기술로 세계가 서로 연결되어 상호의존성이 크게 높아져 형성된 인적 교류와 상호 작용의 양과 흐름을 과거의 통치 체제로는 감당하기 어렵다. 강압적이 아닌 포용적인, 지휘보다는 조정이 다중심 통치에 요구되는 덕목이고, 지시하는 사령관보다는 중재자의 역할이 선호된다. 거대 담론에 근거하여 큰 힘을 행사하는 권력자가 아니라, 명분이 경합하거나 분쟁이 일어났을 때 순간적인 조정자, 혹은 "서로 다른 계층의 시각과 목표를 반영하는 수많은 작은 담론들"과 "서로 다른 행위자들 사이의 공통점을 찾고, 각각의 정체성을 유지하면서도 하나의 공동체로 움직일 수 있도록 대화를 유도하고 합의를 도출하는" 중재자가 유러피언 드림을 구체화해 나갈 것이라는 얘기다.

물론 리프킨이 예단했던 유러피언 드림은 아직 모색 중이다. 그 일부는 이미 어긋나기도 했지만, 그 비전은 공감대를 넓히고 있다. 물론 아직도 아메리칸 드림의 그림자가 분명한 것이 사실이지만 다양성 속의 조화를 추구하는 유러피언 그림을 향한 기대를 접을 수 없다. 현재의 승자와 패자의 가름보다 중요한 게 미래로 열린 비전이라는 것, 역동적 네트워크 효과와 함께

다양성 속의 조화를 추구하는 각 심급에서의 정치가 새로운 호
모 사피엔스 드림을 꿈꾸게 할 수도 있으리라는 것, 꼭 그랬으
면 좋겠다는 것⋯⋯(2018.6.17.)

지속 가능성 혁명은 가능한가?

: 데니스 L. 메도즈 외, 「성장의 한계」

"현재 전 세계에서 시행되고 있는 정책들은 우리를 지속 가능한 미래로 이끌 것인가, 아니면 붕괴시킬 것인가? 모두가 충분히 만족할 수 있는 경제를 창조하기 위해 우리는 과연 무엇을 어떻게 해야 하나?" 1968년 결성된 로마클럽의 위임을 받은 데니스 L. 메도즈 MIT 교수 연구팀은 이렇게 질문했다. 연구 결과 1972년 출간한 『성장의 한계』에서 저자들은 당시의 추세대로 세계 인구가 늘어나고 산업화와 그로 인한 오염, 식량 생산, 자원 약탈이 계속된다면, "지구는 앞으로 백 년 안에 성장의 한계에 도달"할 것이라며, 그 때가 되면 인구와 산업 생산력 등 여러 면에서 회복 불가능하게 될 것이라고 경고한 바 있다.

1960년대와 70년대 초반만 하더라도 성장주의와 낙관주의가 자연스럽게 받아들여지던 시절이었기에, 이런 경고는 기우로 여겨지기도 했다. 물질적 생활 조건이 꾸준히 좋아져 백 년 후엔 인류가 대부분 당시 서구인들의 생활수준과 비슷하거나 그 이상의 삶을 살게 될 것이라거나(줄리안 사이먼), 기술 혁신으로 백 년 동안 세계 150억 인구를 1인당 2만 달러 수준으로 생활할 수 있게 만들 수 있다며(허먼 칸), 성장의 신화를 옹호한 이들이 적지 않았다. 즉 1972년까지만 하더라도 성장의 한계를 걱정하기보다는 성장의 가능성을 믿고 추구하고 싶은 이들이 더 많았던 것 같다. 그러나 그로부터 30년 후 세계 과학자들의 경고는 사뭇 냉정하다.

"인간과 자연계는 바야흐로 서로 충돌 과정에 있다. 현재 진행되고 있는 인간 활동들 가운데 많은 것들을 억제하지 못한다면 인간 사회의 지구, 동물계가 모두 바라는 미래는 심각한 위험에 처할 것이며, 현재 살고 있는 세계는 지금까지 우리가 알던 방식으로는 생명을 유지할 수 없는 세상으로 바뀔 수 있다. 현 상황이 초래할 충돌을 피하고자 한다면 당장 근본적인 변화가 시급하다."(「인류에게 보내는 세계 과학자들의 경고」)

이제는 생태문제에 관한 고전이 된 『성장의 한계』는 『자본론』 『종의 기원』 등과 함께 세계를 뒤흔든 책이다. 성장 중심의 미망에서 벗어나 지구 차원의 지속 가능한 생존 가능성을 모색하기 위해서는 이전의 농업혁명, 산업혁명에 버금갈만한 지속 가능성 혁명이 필요하다고 저자들은 역설한다. 최선의 과학적 통찰력에 의해 의식적으로 전개될 이 혁명의 도구로 꿈꾸기(vision), 네트워킹(networking), 진실 말하기(truth-telling), 배우기(learning), 사랑하기(love)를 언급한다. 절망적 상황을 줄이고 희망적인 지속 가능 사회로 가기 위해서는 그런 부드러운 도구들이 필요하다는 것이다.

가령 지속 가능성, 효율성, 넉넉함, 공평, 아름다움, 공동체가 가장 중요한 사회적 가치라는 것, 모든 이들이 물질적으로 넉넉하고 안전한 삶을 영위하면서 품위를 잃지 않고 서로 존중하며 사회에 최선을 다하도록 동기를 부여하는 것, 정직하고 공손하며 총명하고 겸손한 지도자들이 제 자리 챙기는 것보다는 소명을 수행하는 데 더 열심이고 선거에서 이기는 것보다 사회에 봉사하는 것에 더 관심이 많은 것, 경제는 수단이지 목적이 아니라는 것, 효율성 높은 재생 가능한 에너지 시스템을 구성하는 것, 배기가스와 폐기물을 최소한으로 줄이는 기술 설계를 추구하는 것, 등등을 꿈꾸며 실천하자고 제안한다. 저자들은 예정된 미래가 있는 것이 아니라 인간의 선택에 따라 세계가 달라질 수 있음을 강조한다. 그렇다. 우리가 지금 여기서 무엇을 어떻게 선택할 것인가에 따라 나를 포함한 인류의 미래가 달라질 수 있음을 자각하는 데서부터 지속 가능성 혁명은 비롯될 터이다.

최근 3일은 춥고 4일은 미세먼지에 휩싸인다는 맥락에서 '삼한사미'라는 말이 회자된다. 며칠 전엔 광화문 사거리의 미세먼지 수치가 남산터널 한복판보다 높았다는 뉴스도 전해졌다. 당연히 마스크를 챙기면서 우리는 질문한다. 내 몸을 보호하고 우리 전체의 생명을 살리고, 지구를 구하기 위해, 무엇을 어떻게 궁리하고 선택하고 실천할 것인가? 마스크 안에서, 그 희박한 공기 속에서 우리는 『성장의 한계』를 통해 질문한다. 지속 가능성 혁명은 과연 가능할 것인가?(2019.1.19.)

Elisabeth with colourful book (1910), August Macke (German, 1887-1914)

피에타상을 빚어낸 대리석 파편들은
다 어디로 갔을까?

: 지그문트 바우만, 『쓰레기가 되는 삶들』

「피에타」와 「다비드상」, 「최후의 심판」 등으로 르네상스의 절
정을 주도한 미켈란젤로. 그에게 어떻게 이토록 아름답고 작품
을 만들 수 있었느냐는 칭송어린 질문을 했을 때, 그의 답은 간
단했다. 대리석 안에 이미 그 형상이 있었고, 그것을 본 자신은
그 형상에서 불필요한 부분들을 모두 깎아내기만 하면 되었다
고 말이다. 여기서 우리는 불필요한 부분을 깎아낸 결과 잘 빚
어진 조각품의 미학성이나, 원석의 심연에서 그 형상을 직관할
수 있었던 창의적 발상에 관심을 갖기 마련이다.

그런데 조각품의 잉여, 그러니까 피에타상을 빚어내는 과정
에서 깎아내 버려진 그 많은 대리석 파편들은 다 어디로 갔을
까, 하는 문제에 관심을 보일 수도 있겠다. 바로 『쓰레기가 되는
삶들』의 저자 지그문트 바우만 같은 이가 그런 경우다. "르네상

스의 전성기에 미켈란젤로는 현대의 창조를 이끌게 될 계율을 선포한 셈이다. 쓰레기의 분리와 파괴는 현대적 창조의 비법이 되었다. 여분의 불필요한, 쓸모없는 것을 잘라내 버림으로써 아름답고 조화로우며 만족스럽고 좋은 것들이 나타나게 된다는 것이다."

근대 이전의 삶에서는 자원의 순환이 자연스러웠고 그만큼 쓰레기는 많지 않아도 되었다. 가령 농업의 경우 인간이 땅으로부터 얻은 씨앗과 거름을 땅으로 보내고 더 많은 곡식을 거두어 먹고 살았으며, 그 잉여는 대부분 다시 땅으로 돌아갔다. 그러나 근대 이후 생산은 사정이 다르다. 자원의 순환 고리는 불가피하게 끊어질 수밖에 없었다. 예컨대 자동차를 오래 타다가 폐차를 하면, 제아무리 고도의 기술을 발휘하더라도 원래의 자연 상태로 되돌릴 수 없는 쓰레기가 남게 마련이고, 그 폐기물을 처리하는데 비용을 상당한 지불해야 한다. 아니 비용을 많이 지불한다고 하더라도 땅은, 지구는, 그 쓰레기들로 점차 병들어가고, 인간은 환경 문제를 심각하게 고민하지 않으면 안 된다. 그런 점에서 바우만의 진단은 적확하다. "쓰레기는 모든 생산의 어둡고 수치스러운 비밀이다."

사회학자로서 바우만은 쓰레기 관련 환경 문제를 넘어서 근대 이후 사회에서 쓰레기처럼 잉여족으로 버려지는 사람들의 생태에 관심을 집중한다. 생산의 현대화가 가속화되고, 하이테크 시대가 될수록 '쓰레기가 되는 삶들'은 불가피한 현상이라는 것이다. 알파고의 바둑 대결 이후 많은 이들이 인공지능에 밀려 조만간 내줄 수밖에 없을 직업군, 일자리들에 대해 이야기하는데, 거기에는 과학기술 혁명과 경제 발전의 과정에서 초래되는 불가피한 부작용에 대한 불안이 담겨 있다. 점점 취약할 수밖에 없는 삶의 조건에 대해 생각거리가 많다.

한국전쟁 후 피폐한 현실에서 사회에 적응하지 못하고 불안한 실존으로 헤매는 인간상들을 손창섭은 「잉여인간」이라는 상징성으로 형상화한 바 있다. 그 시절 잉여인간들의 삶은 참으로 고단했다. 그렇다면 지금, 여기는 어떤가. 바우만의 맥락에서 보면 더 많은 비율의 사람들이 잉여인간으로 전락하는 실정이다. 굳이 '청년실업'이니 '이태백'이니 '삼포세대'니 사오정이니 하는 음울한 상징어들을 되풀이할 필요도 없다. 『세일즈맨의 죽음』에서 아서 밀러는 오렌지 속만 빼먹고 껍질을 버리는, 사람을 껍질 취급하는, 그런 세태는 안 된다고 항의했다. 그래서 이 질문이 요긴하다. 피에타상을 빚어낸 대리석 파편들은 다 어디로 갔을까?(2016.5.22.)

"여기는 아닌, 지금은 아닌, 나는 아닌", 과연 그럴까?

: 하랄트 벨처, 한스-게오르크 죄프너, 다나 기제케 외, 『기후 문화』

부산국제영화제가 한창이던 부산이며 울산 등 남부 지역에 태풍 '차바'가 엄습했다. 바다 전망을 자랑하던 해안가 아파트 단지며, 도로 등이 순식간에 파도와 태풍에 휩쓸리며 엄청난 상처를 입었다. '차바'가 할퀴고 지나간 자리는 참혹했다. 인명 피해를 비롯해 상처받은 풍경은 이루 헤아릴 수 없을 정도였다. 이 지경이고 보니, 국제영화제가 아니더라도, 많은 이들이 영화 「해운대」를 떠올리는 것은 차라리 자연스러웠다. 2009년 윤제균 감독의 재난 영화 「해운대」가 현실에서 다시 재현된 것이 아니냐 하는 생각을 떠올릴 수밖에 없었다. 한여름 더위를 식히며 단란한 피서를 즐기던 해운대에 갑자기 시속 800km의 태풍이 몰아닥치고, 그에 따라 모든 것이 아비규환으로 돌변하던 그 풍경, 차마 현실에서는 일어날 것 같지 않던 그 풍경을, 현실에서 직접 경험하는 마음은 영 편치 않다. 비단 해운대의 '차바'만이 아니다. 아이티 콜롬비아 바하마 등 카리브해를 휩쓸고 플로리다를 상륙한 허리케인 '매슈'의 위력도 가히 공포스럽다. 지구 온난화와 기후 변화로 인한 재난으로 세계가 불확실성의 불안에 빠지게 된 것은 어제오늘의 일이 아니다.

최근 들어 기상 예측이 잘 맞지 않는다며 기상대를 탓하는 이들도 많지만, 가만히 생각해 보면, 그게 어디 기상대 탓이랴, 하는 생각도 없지 않다. 불확실성으로 넘쳐나는 기후 변화 상황에서 기상 예측의 과학성도 예전만 같지 못한 상황이 된 것에 대해 우리는 다각적으로 숙고할 필요가 있지 않을까. 우리뿐만 아니라 세계 도처에서 기후 변화로 인한 재난을 많이 겪고 있는 게 사실이기 때문이다. 우리가 얼른 떠올릴 수 있는 사례들만 하더라도 수두룩하다.

"허리케인 카트리나는 2005년 불과 몇 시간 안에 세계 최대의 공업국인 미국에 있는 어느 대도시의 사회적 질서를 완전히 마비시켰다. 또 매년 중부 유럽의 겨울 폭풍우는 교통 시스템을 손쉽게 순식간에 엉망으로 만들 수 있다. 2003년에는 온난화로 인해 진드기가 옮긴 뇌염이 확산되면서 발병 사례 305건이 독일 로베르트-코흐 연구소에 보고되었다. 몇 년 전만 해도 이런 전염은 생각할 수조차 없었던 지역과 지방 관구에서 발병한 것이었다."(『기후 문화』)

『기후 문화』의 공동저자들(하라트 벨처, 한스-게오르크 죄프너, 다나 기제케 외)은 기후 변화 문제를 환경학이나 지구 물리학 등 부분적인 전문 학자들이나 관련 정책 입안자들만의 문제가 아니라 지구와 인류의 운명 전체에 걸친 비상한 문제임을 다각적으로 환기한다. 정치 경제 사회 문화 등 다양한 측면에서 복합적으로 검토하고 해결 방안을 공동으로 모색하자고 제안한다. 각종 매체들에서 온실가스, 온도 상승과 이상 기온으로 빙하 감소 및 해수면 상승, 지구 온난화에 따른 자연 재해 등등을 보도하며 지구 재앙의 위험을 경고하지만, 아직도 많은 이들이 "여기는 아닌, 지금은 아닌, 나는 아닌"(우도 쿠카르츠) 태도를 보인다. 사회적 파국과 시스템 붕괴도 "지금은 아니"라고 생각한다. 그러다보니 2010년 멕시코 칸쿤 기후회의에서 설정한 지구 온도 상승폭 억제선(산업화 시기 이전 대비 섭씨 2도 이내)을 지키기 어려울 것으로 우려한다.

하랄트 벨처 등은 기후 변화로 인한 경제 비용도 엄청난데 그것을 심각하게 고려하지 않는다고 지적한다. 이미 2007년에 기후 변화에 따른 경제적 비용이 전 세계 차원의 국내총생산의 20%에 가깝다는 보고가 있었거니와 그 수치는 점점 늘어날 수밖에 없을 것이란 예측이다. 중장기적으로 그 비용은 더욱 증폭될 터인데, 단기적인 경제성장만을 추진한다면, 그 해결 방안은 쉽지 않다. 지구 온도 상승폭 억제선이 빠르게 무너진다면,

지구 안전 시스템은 결코 장담할 수 없게 된다.

그런 면에서 공저자 중의 한 명인 울리히 벡은 '녹색 근대'론을 주창한다. '위험사회'론으로 유명한 벡은 이 책에서 사회의 전반적인 녹색화를 제안한다. 그는 사회 경제적 불평등과 조직화된 무책임성, 전 지구적 위험과 매체의 문제 등을 고려하면서 민족주의를 넘어선 세계주의 차원에서 '녹색 근대'를 기획하고 실천할 수 있어야 한다고 논의한다. 근대와 자연 및 경제성장 사이의 함수관계를 새롭게 성찰하여 '대안적 근대'를 고안해야 한다고 말한다. "녹색 근대는 새로운 번영의 비전을 포함해야할 것이다. 그 내용은 시장의 신봉자들이 경제성장을 높이 평가하는 것처럼 경제성장일 수 없다. 녹색 근대는 부(富)를 경제지수로 규정하지 않고, 자유와 창의성을 포함하는 보편적인 번영으로 정의할 것이다."(『기후 문화』 2장 '변화의 기후인가 아니면 녹색 근대가 어떻게 가능할까')

리우올림픽에서도 환경과 생명의 문제가 강조됐지만, 하나뿐인 지구의 종말을 막기 위한 '녹색 근대', 그것을 향한 다각적 성찰과 창의적 실천의 문화를 더 깊이 고민할 때다. 지금, 여기서, 내가……(2016. 10. 8.)

어떻게 생기 있는 심령을 성찰할까?

: 에머슨, 「미국의 학자」

『월든』을 쓴 헨리 데이비드 소로에게 월든 호숫가를 제공해 준 이는 랠프 왈도 에머슨이었다. 소로를 처음 만났을 때부터 에머슨은 비범한 청년을 감지했고, 그에게 이끌렸고, 그를 후원 했으며, 그가 타계할 때까지 깊은 우정을 나누었다. 두 사람은 서로를 신 같은 존재로 여기며 더불어-따로 새로운 세계를 열 어나갔다. 에머슨은, 미국적 영혼의 독립을 자연으로부터 찾고 자 했던 초월주의 사상가이자 시인이다.

널리 알려진 『자연』(1836)에서 에머슨은 자연의 미는 정신의 미이고, 자연의 법칙은 그 정신의 법칙임을 강조했다. 자연은 인간에게 실질적인 편익을 제공할 뿐만 아니라 아름다움을 느 끼게 해주고, 자연적 사실의 기호인 언어를 넓고 깊게 해준다. 아울러 인간의 오성과 이성을 훈련시켜 진리를 탐문하는 데 도움을 준다. 그러기에 인간이 자연에 대해 무지하면, 그만큼 그는 자신의 정신을 소유하고 있지 못한 것이라고 그는 생각한다. 『자연』이 출간된 다음 해인 1937년 8월 31일 하버드대에서 행한 「미국의 학자」라는 연설에서 에머슨은 소크라테스 시절의 격언 "너 자신을 알라"와 오늘날의 격언 "자연을 공부하라"는 결국 동일한 것이라고 강조한 바 있다. 직접 들었던 O. W. 홈스가 훗날 이 연설을 두고 "미국의 지적 독립선언서"라고 술회했을 정도로 파급효과가 크다. 그도 그럴 것이 미국이 정치적으로는 독립을 한 상태였지만, 천혜의 자연에 걸맞을 정도의 정신의 독립을 한 상태는 못 되었기 때문이다.

미국 정신의 새로운 좌표를 성찰하기 위해 에머슨은 자아와 자연과 정신 사이의 회통을 강조한다. "살아 움직이는 심령"의 가치를 중시한다. 누구나 그것을 지닐 수 있지만, 그렇다고 해서 거기에 이르는 길이 활짝 열려 있는 것은 아니다. 많은 이들은 그 자신 안에 잠재해 있는 심령을 제대로 보지 못할 뿐더러 그것을 드러내는 데 서툴다. 그런데 "생기 있는 심령이 절대적 진리를 보고 진리를 말하고 혹은 창조"하는 것이기에, 어떤 사람들은 그 심령을 보고 드러내고 창조한다. 그들은 이전의 결론이나 생각에서 멈추려 하지 않는다. 기존의 것에 자신을 고정시키려 하지 않는다. 백미러만 바라보고 운전하지 않는다. 앞을 바라본다. 그런 사람들이 미래를 전망하고 창조의 지평을 열 수 있다. 창조적인 태도나 행동, 말들은 이전의 관습이나 권위에 기대는 것이 아니라 "선과 아름다움에 대한 정신 그 자체의 감각에서 자발적으로 솟아"나온다고 에머슨은 역설한다.

그런데 당시 미국의 학자들은 여전히 유럽 과거의 전통과 권위에 기대어 살아 있는 심령에 접근하지 못하고 있음을 에머슨은 안타까워한다. "자신을 전폭적으로 신뢰하고 대중의 아우성에 결코 굴하지 않는 태도"야말로 학자들의 기본자세일 텐데, 미국의 학자들이 그렇지 못하다는 것이다. "우리는 너무나 오랫동안 유럽의 고상한 시선들에게 귀를 기울여왔다. 미국 자유인의 정신은 이미 비겁하고, 모방적이고, 순종적이라고 의심받고 있다."(「미국의 학자」)

에머슨이 이 연설을 한 지 180년이 흐른 지금, 우리는 '한국의 학자'에 대해 생각하게 된다. 이른바 글로벌 척도를 내세워 미국식 학문 제도에 너무 침윤되어 있지 않은지, 학위에서 논문 평가 제도에 이르기까지, 미국의 기준에 너무 순응적인 게 아닌지, 미국 이외의 다른 나라나 한국의 정신이나 학술적 성찰을 폄훼하는 것이 아닌지 등등 생각거리가 많다. (2017.1.13.)

나무처럼 아름다운 시가 있을까?

: 조르주 페렉, 『잠자는 남자』

　작가 스스로 "무관심에 관해 우리가 말할 수 있는 모든 것"이라고 말했던 조르주 페렉의 『잠자는 남자』는 무관심이라는 현대성의 주제를 극적으로 환기한다. 이 소설의 서술자는 "자연이 여기 있어 너를 초대하고 또 너를 사랑한다"는 알퐁스 드 라마르틴의 '골짜기들'의 구절을 차용하면서도 "풍경은 네게 아무런 감흥도 불러일으키지 않는다, 들과 밭의 평화는 너에게 감동을 가져다주지 않는다, 시골의 침묵은 너를 자극하지도 않고 너를 차분하게 만들어주지도 않는다"고 적는다. 이토록 무심한 사람이 있을까 싶을 정도다.

　그러한 2인칭 '너'도 가끔씩 곤충, 돌멩이, 낙엽, 나무에 관심을 보이기도 한다. 이따금 나무를 바라보며 그 "뿌리, 둥치, 가지, 잎사귀, 잎 하나하나, 잎맥 하나하나, 새로 난 줄기 하나하나"에 눈길을 주기도 하지만 그것도 일종의 "무관심한 형태의 무한한 놀이"에 지나지 않는다. 그 외적 형태 너머로까지 눈길을 주지 않는다. 그러니 마음길이 열릴 리 만무하다. 열린 관심도 없다. 보기에 따라 "나무는 초록색의 수천 가지 뉘앙스, 그러니까 같으면서도 서로 다른 수천 개의 나뭇잎을 뿜어내고 되살려" 내는 존재이지만, 무심한 '잠자는 남자'에게 나무는 그저 나무일 따름이다.

"그 나무에 대해 네가 말할 수 있는 것이라고 해봐야, 결국 그것이 한 그루의 나무라는 사실일 뿐, 그 나무가 네게 말해주는 모든 것은 한 그루의 나무라는, 뿌리라는, 그다음은 둥치라는, 그다음은 가지들이라는, 그다음은 나뭇잎들이라는 사실일 뿐. 너는 나무에게서 다른 사실을 기대할 수는 없는 것이다. 나무는 네게 제안할 어떤 도덕도 갖고 있지 않으며, 네게 전달할 메시지를 갖고 있는 것도 아니다." 그러기에 '나무의 힘, 나무의 장엄함, 나무의 삶' 따위도 그 주인공에게는 무관심의 대상에서 예외일 수 없다.

그런 무심한 남자에게 시인 조이스 킬머는 이렇게 말을 걸고 싶어 한다. "생각해보라/ 이 세상에 나무처럼 아름다운 시가 어디 있으랴/ 단물 흐르는 대지의 젖가슴에/ 마른 입술을 대고 서 있는 나무/ 온종일 신을 우러러보며/ 잎이 무성한 팔을 들어 기도하는 나무/ 가슴에는 눈이 쌓이는 나무/ 비와 더불어 다정하게 살아가는 나무…/나 같은 바보도 시는 쓰지만/ 신 아니면 나무는 만들지 못한다"(「나무」)

바쁜 일상을 살다보면 많은 이들이 페렉의 남자처럼 나무에 무심한 게 어쩌면 자연스러워 보이기도 한다. 나무와 구체적으로 교감하며 신의 뜻을 헤아리고, 새로운 의미화를 위한 감각적 기획을 킬머처럼 하기란 쉽지 않을 수도 있다. 그러나 새봄이지 않은가. 어지러운 세상의 허공에 가까스로 균형의 미학을 알려주는 나무, 늘 바람에 흔들리면서도 깊은 뿌리로부터의 생명력으로 스스로는 물론 주변의 사물이나 사람을 지켜주는 나무, 천의 잎새와 줄기를 통해 새로운 생명과 상상력의 유로를 알게 해주는 나무, 그런 나무에 대한 깊은 관심과 더불어 '나무처럼 아름다운 시'에 관한 몽상에 젖어볼 수도 있지 않을까. 새봄이니 말이다. 그러면서 내 안에 그리고 땅에 건강한 나무를 심고 가꾸어 볼 수 있지 않을까. (2017.3.26.)

우리는 지금 무엇을 하고 있는가?

: 「길가메쉬 서사시」

『길가메쉬 서사시』는 고대 메소포타미아 수메르 남부의 도시 국가 우루크의 전설적인 왕 길가메쉬의 이야기를 노래한 서사시다. 호메로스의『오디세이아』보다 무려 1500년 내지 2000년 앞선 것으로 평가되는 이 서사시를 잉태한 수메르는 지금의 이라크 지역 유프라테스 강과 티그리스 강 사이에서 인류 최초로 성숙한 문명을 이룩했던 도시국가들이었다. 기원전 2600년경의 길가메쉬 이야기는 사막을 오가던 대상隊商들 사이에서 구전되다가 기원전 14세기에 바빌로니아의 사제 신-레케-우닌니에 의해 편찬된 것으로 알려졌다.

길가메쉬는 모든 것을 본 사람, 혹은 모든 지혜의 정수 내지 심연을 본 존재로 이야기된다. "모든 것을 알고 있었고 모든 것을 경험했으므로 모든 것에 능통했던 자가 있었다." 서두에서 그는 이렇게 소개된다. 신들만의 숨겨진 비밀을 헤아렸고 그 신비로운 베일을 벗겨내며 생의 심연을 향한 여정을 수행한 영웅적 캐릭터인 길가메쉬의 일대기다. 그는 불멸의 신화에 도전했으나 필멸의 운명을 절감할 수밖에 없었던 존재였다. 죽음으로부터 해방되고자 가까스로 생명의 식물인 불로초를 구하게 되지만 잠깐 방심하는 사이에 뱀에게 빼앗기고 만다. 그가 그 식물 이름을 "늙은이(길가)가 젊은이(메쉬)로 되다"로 명명했었는데, 주인공 길가메쉬의 의미 또한 그러하다.

순간을 사는 인간이 어떻게 영생을 얻을 수 있을 것인가, 길가메쉬의 이런 질문은 고대 이래 가장 도전적인 질문이었음에 틀림없다. 그 누구도 풀기 어려운 이런 질문을 푸는 과정에서 길가메쉬는 영웅적인 욕망에 사로잡혀 과감하게 신들의 영역을 범하기도 한다. 삼목산, 엄청난 고봉들이 늘어서 있는 삼나무 숲을 관통하는 일은 당시에 인간으로는 감당하기 어려운 것으로 여겼다. 고대부터 신들의 땅이라 불렸던 이 곳은 무시무시한 훔바바가 지키고 있었는데, 길가메쉬는 엔키두와 더불어 훔바바를 제거하여 자기 이름을 영원히 남기고 싶어 한다. 최후의 순간에 신이 말렸음에도 불구하고 결국 훔바바를 처단하게 되는데, 그 일에 앞장섰던 엔키두는 길가메쉬보다 먼저 저주받은 죽음에 이르게 된다.

이 서사시의 곁가지 이야기이긴 하지만, 이 대목에 오래 생각이 머문다. 신성한 삼나무 숲지기를 죽였다는 것, 바로 이 사건으로 말미암아 숲을 훼손하고 나무를 남벌하면서 인류 문명을 일구게 되지 않았을까, 하는 막연한 몽상에 사로잡혔기 때문이다. 엔키두는 죽어가면서 길가메쉬에게 모든 것이 생명이 있었다는 것, 하늘도, 폭풍도, 땅도, 물도, 모두 생명을 지니고 있었다는 것을 알게 되었다는 말을 남긴다. 생명 있는 것을 함부로 도모하고자 한 벌을 받게 된 것을 마지막 순간에 깨닫게 된 것이 아닐까 싶다.

괴테의 『파우스트』에도 "영원한 것은 저 생명 나무의 녹색뿐"이란 구절이 나온다. 영생이 불가능한 인간이 지구에서 영생의 가능성을 꿈꿀 수 있는 것은 오로지 후손을 통해서일 것이다. 그러려면 생명 나무들을 제대로 살려야 할 터이다. 그럼에도 여전히 많은 삼림 훼손이 진행 중이어서 환경단체들의 비판을 받는 이 상황을 어찌 해야 하는가. 그 어느 해보다 심각한 이 폭염의 나날을, 이 기후 변화의 위기를 도대체 어찌 할 것인가. 만약 훔바바가 살아남아 숲을 지킬 수 있었더라면 사정은 달랐을까? 마하트마 간디 역시 "나무에게서 배우라"고 강조했다. "나무를 보라. 스스로는 뜨겁게 내리쬐는 햇볕을 온몸으로 겪으면서도 우리에게는 서늘한 그늘을 만들어주지 않는가. 그런데 우리는 지금 무엇을 하고 있는가?" 나무의 그늘뿐만 아니라 사람 사이에 서로의 그늘도 점점 소실되어 가는 것 같아 안타깝다. (2018.8.11.)

폭탄 돌리기로부터 자유로운가?

: 한스 요나스, 『책임의 원칙』

문예부산蚊蚋負山이란 말이 있다. 모기 등에 산을 졌다는 이야기다. 『장자』 추예편에 나오는 이 말은 약한 자가 크고 중한 일을 맡았을 때를 빗댄 표현이다. 약한 말에 무거운 짐을 실었다는 약마복중弱馬卜中이란 말도 있다. 많은 이들이 제 역량보다 의무나 책임이 무겁다고 생각하며 살아가기 일쑤다. 그런 이들이 많으면 피로 사회나 과로 사회가 되기 쉽다. 등에 산을 진 모기 정도는 아니더라도, 맡은 바 책임이 중한데 길은 멀기만 한 임중도원任重道遠의 상황으로부터 자유롭지 못하다.

개체로서 자기를 보존하고 쾌락을 추구하기 위해서 개인은 가능하면 책임 질 일을 덜 하려는 본성이 있는 것 같다. 『책임의 원칙』에서 한스 요나스도 "사람은 행하는 것이 적으면 적을수록 책임질 것도 그만큼 적은 법"이라고 말했다. 그럼에도 실존

64

적 상황에서 인간은 책임을 회피하기만 하면서 살 수는 없다. "잠자고 꿈꾸었더니 인생은 아름다움이었다. 잠깨어 세상을 보니 인생은 책임이었다."(『똑바른 길』)는 E. 후퍼의 지적처럼, 삶은 책임의 연쇄로 이루어지기 때문이다. 하고보니 많은 이들이 책임의 중요성을 강조한다. "각자가 자기의 문 앞을 쓸어라. 그러면 거리의 온 구석이 청결해진다. 각자 자기의 과제를 다 하라. 그러면 사회는 할 일이 없어진다."는 J. W. 괴테의 말이나, "자기의 책임을 방기하려 하지 않으며 또한 그것을 타인에게 전가시키려 하지도 않는 것은 고귀하다."는 F. W. 니체의 말도 그렇고, 군자는 자기에게 책임을 추궁하고 소인은 남에게 추궁한다는 『논어』의 전언도 그렇다.

『책임의 원칙』에서 요나스는 먼저 실행된 행위에 대한 인과적 책임 소재로서의 책임을 논한다. 행위의 결과에 대해 책임을 묻는 것은 법적 의미이지 도덕적 의미가 아니다. 인과관계만 따지면 책임 회피 경향이 늘어날 수 있기에, 그는 책임 우호적인 분위기 내지 태도를 강조한다. 인간선에 대한 궁극적 목적을 고려하면서 가치를 중시하는 책임 우호적인 분위기가 조성될 때 공동선에 가까이 갈 수 있다. 더 주목되는 것은 행위되어야 할 것에 대한 책임을 강조하는 도덕철학적 책임론이다. 그 무엇을 위한 대상은 나의 밖에 놓여 있지만, 나의 권력에 의존한다는 것이어서 나의 도덕적 의지가 중요하다고 말한다.

"실존은 도덕적 의지를 통해 권력을 자신의 의무도 받아들인다. 권력은 나의 것이고 이 사태에 대한 원인을 가지고 있는 까닭에 사태 또한 나의 것이다." 도덕적 의지를 가지고 행위되어야 할 것을 수행하는 책임을 다하는 것이, 현재의 공동체와 미래의 후세를 책임지는 생태학적 윤리라는 것이다.

"내가 해 온 일이 내가 할 일에 못 이르렀기 때문에 나는 신과 인류에게 죄를 졌나이다."라고 말한 이는 레오나르도 다 빈치였다. 미술, 건축, 과학, 의학 등 다방면에서 탁월한 업적을 내며 르네상스의 꽃을 피웠던 그였지만, 당위적 책임의 원칙에서 보면 여전히 행위되어야 할 많은 것들을 행하지 못했다는 책임감이 돋보이는 발언이다. 미국의 저널리스트 H. L. 멩컨은 "책임감이 마음을 괴롭힐지는 몰라도 그 마음은 또 비범한 일을 가능케 한다."고 말했는데, 다 빈치의 비범함 역시 그의 책임감에서 비롯된 것이 아니었을까. '폭탄 돌리기'라는 말이 여기저기서 탄식처럼 회자된다. 책임 회피로 행위되어야 할 것에 대한 책임을 남에게 돌리는 경향에 대해 요나스는 도덕철학적 성찰을 요청한다. 문제는 공동선을 지향하는 책임 우호적인 분위기다. (2018. 8. 26.)

나는 내 시간의 주인일까?

: 레온 크라이츠먼, 『24시간 사회』

　21세기 초반에 나온 『24시간 사회』(레온 크라이츠먼)는 "살 것 도 많고 할 일도 많은데 시간이 없"는 상황에서 효율적으로 일 하고 소비할 수 있도록 하루 24시간을 전면적으로 활용하면 경 쟁력을 높일 수 있다는 제안이었다. 밤낮의 자연적 구획과 노 동시간의 획일적 편성이라는 제도적 규율을 넘어서자고 했다. "자신이 원하는 시기와 장소에서, 자신이 정한 가격과 질에 맞 는, 자신이 원하는 것을 원"하는 소비자의 요구를 수용할 수 있 는 탄력적인 시간 시스템을 운용하자고 했다.

　이 책에 따르면 종달새형과 올빼미형이 공존하는데 일률적 인 노동 시간을 강제하는 것은 문제다. 낮 시간에만 환자가 발 생하는 것이 아니니 24시간 병원 문이 열려 있으면 좋다. 공장 이나 사무실, 교실 등 제한된 공간의 이용을 극대화하기 위해서도 8시간 사회보다는 24시간 사회가 훨씬 경제적이다. 공간의 제약성을 시간의 탄력적 운용으로 넘어서면 효율적이다. 외환 딜러의 업무에서 분명하듯 빠르게 변화하고 명멸하는 세계화 시대에 24시간은 늘 활용해도 모자란다. IT혁명에 힘입어 국지적 공간을 넘어 실시간 접속으로 원격 근무를 할 수도 있으며, 근무 시간과 공간을 조절하면 도시의 고질적인 교통 체증을 줄이는데도 도움이 된다. 개인들은 고정적 시간의 비탄력성을 극복하여 탄력적으로 시간을 자기 설계함으로써 시간으로 인한 강박적 스트레스를 줄일 수도 있다.

얼핏 보기에 개인의 선호를 반영하는 탄력적 시간 시스템으로 효율적인 측면도 많아 보였지만, 그 반론도 만만치 않았다. 회사도, 상점도, 교실도, 병원도 24시간 문 닫지 않고 돌아가지만, 그렇다고 문제가 해결되기보다는 지속되는 것 아닌가. 결국 무한 경쟁만이 더 가속화될 것 아닌가. 민족, 도시, 국가, 지역 단위에서 파워 엘리트 그룹과 그렇지 못한 그룹 사이의 간극을 더욱 심화하지 않을까. 경쟁 이데올로기와 세계화 추세를 최고의 선으로 추구하는 각국의 파워 엘리트 집단의 기득권 확장에만 기여하지 않을까. 24시간 사회가 오히려 '불안한 현대사회'를 가속화하지 않을까.

이런저런 우려에 플로리안 오피츠는 『슬로우』를 대안으로 제시한다. 속도와 경쟁을 부추기는 세상에서라면 일의 우선순

위를 정하기, 선택과 집중, 스마트 기기와 멀어지기, 멀티태스킹 등 시테크 전략도 별무소용이다. 늘 빠른 자에 의해 느린 자가 도태되게 마련이니, 경쟁 일변도의 전략을 수정해야 한다는 생각을 전한다. 그러면서 부탄의 국민총행복론이나 조건 없는 기본소득 제공 등의 대안을 궁리한다. 이 책에서 다쇼 카르마우라 부탄학연구소장의 견해가 인상적이다. 행복의 전제 조건으로 자기 능력을 제대로 펼칠 수 가능성의 마당을 들면서 자기 통제권을 강조한다. "행복으로 향하는 길은 자기 자신이 시간에 대한 통제권을 다시 확보하는 것입니다. 그리고 자신에게 진정 중요한 일을 하는 것입니다."

이 두 책의 저자들뿐 아니라 많은 이들이 경쟁과 상생, 효율과 삶의 질, 인공적 삶과 생태적 삶, 빠름과 느림 사이에서 고뇌한다. 양극의 장점을 효과적으로 승화하여 일과 삶의 균형을 이루면 좋겠으나 그것이 쉽지 않다면 생철학적 비전에 따라 어떤 포기를 감당하는 선택이 불가피할 것 같다. 가령 내면의 평화와 행복을 추구하기 위해서라면 덜 경쟁하는 느림의 행로를 걸을 것이다. 나는 시간의 주인인가, 아니면 시간의 노예인가? 시간에 대한 진지한 질문이 필요한 때다. (2018. 7. 12.)

걷는 발의 뒤꿈치에서 생각이 나올까?

: 이브 파칼레, 「걷는 행복」

걷는 발의 뒤꿈치에서 생각이 나올까? 그렇다는 믿음으로 걸으며 새로운 사유를 일구었던 철학자가 니체였다. 어디 그뿐이랴. 일찍이 소크라테스는 아테네를 걸으며 자신을 알아 나갔고, 루소는 파리의 산책자였다. 널리 알려진 대로 칸트는 매일 정해진 시간에 정해진 길을 산책했다. 이루 헤아릴 수 없는 많은 철학자들이 걷는 길 위에서 성찰했고, 문학가들 역시 한 걸음 또 한 걸음 옮기면서 상상의 새로운 길을 열어왔다. 걷기에 관심 있는 이들은 말한다. 인간은 걷는 존재라고.

프랑스의 생물학자 이브 파칼레는 '걷는 행복'을 추구한다. 그는 걸으며 생각하고, 한 발을 다른 발에 놓으면서 행복을 감각한다. 걸으며 존재 이유를 헤아리고 기쁨을 누린다는 그에게 걷기는 곧 "인생의 은유"다. 그는 단언한다. "나는 걷는다. 그러므로 나는 존재한다."(『걷는 행복』) 그는 자신의 존재를 증명하기 위해 계속 걸었다. 곰들과 함께 시베리아 산 속을 걷고, 아마존의 밀림이나 그린란드의 빙하 위 혹은 자바의 화산 허리를 걸었다. 또 뉴욕, 로마의 골목을 걷는다는 것을 생각하며 걸었다. 그러면서 "걷기는 세상의 가장 희한한 역사의 결과"이며, "종 진화의 역사"라는 것을 터득한다. 이 걷기 생물학자의 관찰에 따르면 호모 에렉투스라는 직립원인 이후 인간화는 가속화되었다. 뇌와 발의 모험을 통해 인간으로의 상승이 이루어졌는데, 우리가 상상하는 것 이상으로 뇌의 발전에 발이 공헌했다는 얘기다. "우리의 지성이라는 것은 우리의 걸음이 잉태한 자식이다. 그러므로 지성의 역사는 다리의 역사와 함께 시작되었다."

그러니까 걷는다는 것은 도덕, 과학, 철학을 비롯한 여러 인간 문명의 기초가 된다. 인간의 본원적 욕망의 대상이고 기쁨이나 쾌락을 제공하는 원천이다. 일종의 환각제 같은 것이기도 한데, 술이나 아편과는 달리 위험이 없다. 험한 오르막길처럼 힘들거나 땀나게 하는 걷기일수록 뇌에서 행복감을 고양하는 앤돌핀과 신경전달체의 분비를 자극한다. 하여 더욱 걷기에 열중하게 되고, 그럴수록 꿈의 세계에 다가설 수 있게 된다. 시적 방랑과도 같은 걷기를 통해 세속화된 경쟁사회의 상처를 치유할 수 있는 경이로운 행복감을 그는 즐긴다. "나는 효율성을 숭배하고 속도의 강박증에 걸려버린, 그리고 오로지 결과와 잇

속만이 횡행하는 이 사회를 싫어한다. 나는 우회, 주저, 뒤로 걷기, 맴돌기, 방랑의 편이다. 시간과 공간의 풍성한 결합을 선호한다. 그렇기 때문에 나는 고속도로보다는 야생의 오솔길을 좋아한다. 놀람, 갈림길, 숨을 곳, 비밀을 직선보다 좋아한다. 길을 가다 만나는 뜻밖의 경이를."

사회학자 정수복은 치유에서 한 걸음 더 나아간 구도의 방법으로 걷기를 주목한다. "예로부터 구도자들은 사막과 숲 속을 걸으며 인생의 참된 의미와 우주의 숨겨진 비밀을 찾아냈다. 좁은 나를 버리고 진정한 나를 찾기 위해서 그들은 길을 떠났다. 길은 내면의 소리를 경청하는 공간이었고 그 내면의 소리를 듣기 위해 구도자들은 걷고 또 걸었다."(『파리를 생각한다』)

단풍 든 공원길이든, 가을 숲길이든, 걷기 좋은 때다. 걷는 걸음마다 기꺼운 미소로 피어나기 맞춤한 계절이다. 그러니 잠시 바쁜 일 접어놓고 걸어볼 일이다. 걸으면서 삶을 사랑하는 지혜를 터득하며 내면의 행복에 다가설 일이다. 세상의 모든 산책자들의 뒤꿈치를 응원한다. (2018. 10. 27.)

Young woman reading at a table in light of the kerosene lamp.
Leopold Carl Müller (Austrian, 1834-1892)

백척간두에서 진일보할 수 있을까?

: 니코스 카잔자키스, 「그리스인 조르바」

내리막길에서 발에 걸린 돌이 굴러 내려간다. 흔히 있을 수 있는 일이다. 그러나 그 돌 굴러가는 장면을 마치 처음 본 것처럼, 놀라운 눈으로 경이롭게 바라보고 감탄하는 이가 있다. 그는 말한다. "돌들은 내리막길에서 다시 생명을 얻어 살아납니다!" 경사면을 구르는 돌을 보고 생명의 경이를 처음인 듯 경탄하는 자, 하여 한없는 느낌표를 부리는 자, 니코스 카잔자키스의 『그리스인 조르바』의 주인공은 그런 영혼이었다.

학교 정규 교육을 받은 적이 없는 조르바는 평생 몸을 쓰며 살아온 예순다섯의 노동자다. 그는 자기 영혼이 움직이는 대로 행동했던 인물이다. 너무 이른 나이에 결혼했고, 안타깝게도 젊은 나이에 사별했다. 전쟁에 참여해 생명을 빼앗고 마을을 불 지르는 일에 가담하기도 했다. 몸으로 겪은 온갖 시행착오를 거쳐 그는 길들여지거나 얽매이지 않고 자유롭게 사는 길을 온몸으로 열어 나갔다. 함께 광산 일을 하면서 조르바의 행적을 관찰, 보고하는 서술자는, 많이 배웠고 읽었고 이성적으로 사유하며, 때때로 현실적 조건에 얽매이기도 했다. 그런 그가 보기에 조르바의 삶은 자신이 가지 못한 채 잃어버린 길이다.

"많은 것을 보고 행하고 겪으면서 정신은 열리고, 마음은 넓어지고, 태초의 호기를 잃지 않"은 존재, 마치 "그의 고향 선배인 알렉산드로스 대왕처럼 우리가 풀지 못하는 모든 복잡다단한 문제들을 한칼에 풀어버리는" 인물, "발끝부터 머리끝까지 땅에 뿌리박고 있으니 절대로 쓰러지거나 넘어지지 않을" 야생적 생명인 조르바를 서술자는 "위대한 영혼의 소유자"라고 말한다. 남들처럼 배우지 못했지만 자기 삶에 긍지를 지녔으며 논리를 초월한 자신감으로 가득 찬 조르바의 경지야말로 사람들이 그토록 간절히 바랐던 삶이 아니겠느냐고 생각한다. 그런 조르바이기에 굴러가는 돌에서도 생명을 감각하며 새로운 세상을 창조해 나간 게 아니냐고 감탄한다. "나는 아무 말도 하지 않았지만 커다란 기쁨을 느꼈다. 위대한 예언자들이나 시인들은 이와 비슷하게 모든 것을 처음인 듯 보고 느낀다. 매일 아침 자신들 앞에 새로운 세상이 시작되는 것을 본다. 새로운 세상이 안 보이면 스스로 새로운 세상을 창조한다."

조르바는 허허로운 자유인의 초상이다. 모든 것을 비우고 버리면서 얻어낸 자유를 통해 다른 삶을 살았던 인물이다. 그런 조르바는 서술자에게 당신은 소망처럼 자유롭지 않다고 직언한다. 남들보다 조금 더 긴 끈을 가지고 왕복하면서 자유롭다고 느낄지 모르지만, 그 끈을 잘라버리지 못하는 한 자유를 얻을 수 없을 거라고 말한다. 그러나 그것은 어려울 것이란다. "그러려면 미쳐야 하는데, … 미쳐야 한단 말요. 모든 걸 걸어야 해요!"

나날의 과업이나 제도의 규율, 일상의 관습과 윤리로부터 쉽사리 자유로울 수 없는 보통 사람들의 입장에서 보면 참으로 어려운 경지다. 어떻게 그 끈을 끊어버릴 수 있을까. 송나라의 도원이 저술한 『경덕전등록景德傳燈錄』에 백척간두진일보百尺竿頭進一步란 말이 나온다. 백 자나 되는 높은 장대 위에 이르러 또 한 걸음 더 나아간다는 이 말로 목숨을 걸 때 비로소 크게 살 길이 열린다고 했다. 어떻게 진일보할 수 있을까. 카잔자키스는 욕망을 끊어내는 것에서 그 한 길을 찾았던 것 같다. 크레타 섬에 있는 그의 묘비명에는 이렇게 적혀 있다. "아무것도 바라지 않는다. 아무것도 두렵지 않다. 나는 자유다."(2018.9.28.)

평화에로 초대받을 수 있을까?

: 틱낫한, 「틱낫한의 평화로움」

"눈을 들어 하늘을 우러러 보고 먼 산을 바라보라. 어린애의 웃음같이 깨끗하고 명랑한 5월의 하늘, 나날이 푸르러 가는 이 산 저 산, 나날이 새로운 경이를 가져오는 이 언덕 저 언덕, 그리고 하늘을 달리고 녹음을 스쳐 오는 맑고 향기로운 바람……" 이양하의 「신록예찬」의 한 대목이다. 그런 신록의 5월에 전철 환승 통로를 걷다가 문득 사람들의 표정을 보고 놀라지 않을 수 없었다. 많은 이들이 성난 얼굴로 바삐 걷고 있었다. 어린애의 웃음같이 깨끗하고 명랑한 얼굴을 찾기 어려웠다. 아마도 누군가는 비난받았거나 배신당했고, 어떤 이는 중요한 계약을 체결하지 못했고, 또 다른 이는 약속에 늦었거나, 프로젝트를 제 때 마감하지 못했을 지도 모른다. 성난 얼굴들이 무섭다. 내 얼굴도 거기에 속할 것이라 생각하니 더 무섭다. 성난 얼굴들 속에서 문득, 달라이 라마와 더불어 두 송이 아름다운 꽃으로 꼽히는 선승이자 시인인 틱낫한을 떠올렸다.

그는 우리가 걷는 길이 "기쁨으로 되돌아가는 먼 길"이 되기를 소망하며 이렇게 말했다. "대지 위를 걸을 때, 그대의 발과 대지의 접촉에 집중하라. 지구에 입맞춤을 한다고 생각하라. 내딛는 걸음 하나하나마다 시원한 바람이 불고 꽃이 피어난다. 때때로 아름다운 무엇인가를 발견하면 걸음을 멈추고 그것을 바라보라. 나무, 꽃, 뛰어 노는 아이들……"(『틱낫한의 평화로움』) 흔히 삶은 고통으로 넘쳐나는 것 같지만 "푸른 하늘, 햇빛, 아이의 눈과 같은 경이로움들로 가득하다"하다며, 그런 경이로움들과 만나기를 권했다. 「신록예찬」의 메시지와도 통한다.

틱낫한에 따르면 두렵고도 경이로운 세상에서 행복하게 살기 위해 지금, 이 순간에 존재한다는 사실을 자각하고 집중하는 게 중요하다. "숨을 들이쉬면서 마음에는 평화, 숨을 내쉬면서 얼굴에는 미소"가 떠오르게 걸으면서, 숨쉬는 지금 이 순간에 집중할 때 가장 경이로운 순간을 늘 체험할 수 있다. 그것이 '삶의 기술'이다. 지금 이 순간에 집중하고 경이로움을 느끼기 위해서는 목적지향적인 집착으로부터 벗어나야 한다. 우리는 도착하기 위해 걷는 게 아니라, 단지 걷기 위해 걷는 것이라고 그가 말할 때, 죽비에 맞은 느낌이 든다. 심지어 순례 길에서조차 우리는 도착지점과 시간에 얼마나 많이 이끌렸던가. 그러면서 지금 이 순간의 풍경과 내면으로부터 스스로 소외되는 체험을 하지 않았던가. 죽비소리는 이렇게 이어진다. "모든 걱정과 불안을 떨쳐 버리고, 지금 이 순간을 즐기라. 걷는 동안 마치 자신이 세상에서 가장 행복한 사람인 것처럼. 그렇게 첫걸음을 내딛을 수 있다면 둘, 셋, 넷 그리고 다섯 걸음도 평화롭게 내딛을 수 있다."

불안하거나 성난 걸음이 아니라 평화로운 걸음을 걸을 때, 우리는 깨어 있고, 이해하고, 사랑할 수 있는 존재가 될 수 있으며, 나아가 우리 모두의 안에 있는 붓다를 만날 수 있다고, 그는 전한다. 성난 얼굴들로 가득한 환승 통로에서 틱낫한을 연상했지만 평화로운 걷기는 쉽지 않았다. 내 안에 부정적인 씨앗이 많이 자라고 있기 때문일까? 그는 좋은 씨앗에 물 주기를 강조했다. 오랫동안 고통의 적층에 묻혀 있던 내면의 행복의 씨앗에 물을 주라고 했다. 아울러 불행의 씨앗, 부정적인 씨앗에 물 주기를 중단하라고 권했다. 그럴 때 평화에로 초대받을 수 있다는 얘기다. (2018.5.18.)

2   사막에서
우물의 노래를

플랜 Z 시대의 사막에서도
우물을 발견할 수 있을까?

: 생텍쥐페리, 『어린 왕자』

비행기 기관 고장으로 사막에 불시착한 지 여드레째 되는 날, 물이 떨어진 작가는 어린 왕자와 함께 사막에서 물을 찾는다. 어린 왕자가 말한다. "사막이 아름다운 건 어딘가에 우물이 숨어 있어서 그래." 바람의 노래를 들으며 고운 모래들이 천태만상을 형성하는 사막은 필경 모래와 바람과 하늘의 오케스트라일 터인데, 어린 왕자는 그 심연에서 대뜸 우물을 지목한다. 읽고 또 읽어도 놀라운 대목이다. 보이는 사막에서 보이지 않는 우물을 바라보는 영혼의 눈 덕분이었을까. 그들은 마침내 우물을 발견하게 된다.

그런데 그 우물은 사하라 사막에 있는 샘 같지 않다. 사하라 사막의 샘은 고작 모래 속에 뚫린 구멍일 뿐인데, 그들이 발견한 샘은 마을에 있는 우물 같았다. 도르래도, 물통도, 끈도 다

준비되어 있다. 어린 왕자가 도르래를 돌리려 하자, 오랜 침묵을 깨고 삐걱거린다. 그 소리를 들으며 어린 왕자는 환호한다. "우리가 이 우물을 깨우니까 노래하는 거야……" 도르래의 노래를 들으며 둘이 물을 마신다. 그 물은 결코 단순한 물일 수 없다. 특별한 천상의 선물에 가까운 어떤 것으로 축제처럼 달콤하다.

마크 오스본의 애니메이션 「어린 왕자」를 보면서 자연스레 생텍쥐페리의 원작에 이끌리게 된다. 애니메이션에서 소녀의 어머니는 전형적인 '타이거맘'이다. 경쟁력과 성취 가능성을 제고하기 위해 철저한 계획 아래 엄격하게 교육하려는 타이거맘과는 달리 옆집 할아버지는 아이의 꿈과 자율을 중시하는 '스칸디대디'를 닮았다. 소녀는 스칸디대디와 교감하면서 어린 왕자의 세계로 진입하며 성장의 눈을 뜬다. 보이지 않는 것의 중요성을 제대로 헤아리는 마음의 눈을 가다듬는다.

『어린 왕자』에서 여우는 말한다. "마음으로 보지 않으면 잘 보이지 않는다는 거예요. 매우 중요한 건 눈에 보이지 않는다는 거예요." 그러니까 보이지 않는 심연에서 인간과 삶의 진실을 발견할 수 있어야 한다는 것이다. 그런데 많은 사람이 그렇게 하지 않는다. 눈앞에 보이는 이익에 눈이 멀어 있기 때문이다. 덧셈의 욕망에 길들여진 사람들의 세상에서는 사막 속에 숨어 있는 우물을 헤아리기 어렵다. 보이는 사막이 현실이라

면, 보이지 않는 우물은 환상이거나 상상의 영역이다. 생텍쥐
페리는 그 둘을 이어보고자 비행했다. 우물의 노래를 들으며
천상의 선물을 만끽할 수 있었던 대목에서도, 작가는 "별 밑에
서의 행진, 도르래의 노래, 내 팔의 노력에서 생겨난 것"이었다
고 했다. 내 팔의 노력 없이는 별 아래서 도르래의 노래를 듣기
어렵다. 이처럼 환상은 현실은 서로 넘나들면서 역동적으로 스
미고 짜인다.

새해가 밝았지만 정작 우리네 살림살이는 밝아질 기미가 보
이지 않는다. 어느 곳을 둘러보더라도 사막처럼 막막하기만 하
다. 그러다보니 플랜 A나 플랜 B가 아니라, 최후의 보루까지 고
려해야 하는 비장의 생존 전략을 의미하는 '플랜 Z'란 용어까지
회자된다. 이 막막한 사막에서도 과연 어린 왕자는 우물을 발
견할 수 있을 것인가? 어쩌면 플랜 Z를 위해서라도 보이지 않
는 우물의 노래를 위한 내 팔의 노력이 더욱 긴요할 지도 모르
겠다. (2016. 1. 10.)

피로스의 승리는 저주였을까?

: 「플루타르코스 영웅전」

트로이 전쟁 영웅 아킬레우스를 두고, 호메로스는 『일리아드』에서 이렇게 노래했다. "그는 자기 자리를 지키면서 고요히 살지를 않네. 모든 생각은 전쟁을 향해 있고 전쟁의 함성만 그리워하네." 아킬레우스의 후손인 피로스 역시 그런 사람이었다. 에페이로스의 아이아키데스 왕의 아들로 태어났지만, 몰로시아의 반란으로 일리리아의 왕 글라우키아스의 보호를 받고 자라야 했던 이가 피로스였다. 볼모로 갔던 이집트에서 베레니케의 딸 안티고네와 결혼하게 되고, 처가의 도움을 받아 에페이로스의 왕이 되었다. 한때 마케도니아를 다스렸으며, 이탈리아와 시칠리아까지 원정했다. 알렉산드로스의 사촌이었던 피로스는 초기 로마가 가장 두려워했던 강자였다. 마케도니아를 정복했을 때 독수리라는 영광스런 이름을 얻기도 했던 뛰어난 장

군이었다.

피로스는 로마와 전쟁을 하고 있던 타렌툼으로부터 지원 요청을 받는다. 마침 전쟁 없이 한가롭게 지내던 피로스에게 로마는 썩 괜찮은 도전의 대상이었다. 그때 당대 뛰어난 웅변가인 키네아스와 피로스의 대화 장면을, 플루타르코스는 그의 『영웅전』에서 비교적 생생하게 전하고 있어 주목된다. "내가 힘으로 빼앗은 것보다 키네아스가 혀로 얻은 땅이 더 많다"고 말했을 정도로 피로스는 키네아스를 신뢰했다고 한다. 그런 키네아스가 피로스에게 강한 로마와 싸워서 승리하게 되면 그 다음은 어떻게 할 것인가, 묻는다. 피로스는 당연히 이탈리아 전역을 정복할 것이라고 말한다. 그 다음은? 시칠리아가 부르고 있으니 그리로! 그 다음은? 리비아와 카르타고! 그 다음은? 마케도니아를 회복하고 그리스 전역을 지배!

과연 아킬레우스의 후손다운 전쟁 영웅의 생각처럼 들린다. 웅변가 키네아스는 다시 묻는다. 그 다음은? 그제야 피로스는 전쟁 생각을 멈춘다. "그 때에는 쉬어야지. 날마다 마시고 놀며 즐거운 이야기로 세월을 보내야지." 그러자 키네아스는 말한다. "전하, 편하게 쉬며 놀고 싶다면, 지금도 할 수 있습니다. 지금 우리가 가지고 있는 것만으로도 그럴 준비는 충분합니다. 그런데도 그걸 얻으시려고 남에게 고생을 시키고 자신도 고생하시니 마지막에 우리가 얻는 것은 도대체 무엇입니까?" 이런 질문을 받은 피로스는 현재의 즐거운 삶을 미뤄두고 무서운 전쟁을 계속하는 것이 과연 현명한 일인지에 대해 잠시 생각하지만, 그의 계획을 바꾸지 않는다. 그리하여 로마와 전쟁을 하게 되고 베네치아까지 원정한다. 이 전쟁에서 피로스는 비록 승리하기는 하지만, 그 자신도 비용을 엄청 지불하고 피해도 많이 입었다. 전쟁의 대차대조표를 엄밀히 작성하면 패배한 것과 다르지 않은 승리였다. 희생과 비용을 많이 치른 승리를 일컫는 피로스의 승리Pyrrhic victory라는 말은 여기서 유래했다.

'피로'한 승리였던 '피로스의 승리'의 저주였을까. 피로스는 결국 스파르타와의 싸움에서 전사하고 만다. 그로써 그 다음, 그 다음으로 미뤄두었던 즐겁고 행복한 삶을, 그는 끝내 누리지 못했다. 요즘 피로스의 승리의 역설을 잘 헤아린 사람들이 늘어난다. 이른바 욜로YOLO족들도 그런 경우 아닐까. 인생은 오로지 한 번뿐이니[You only live once!], 후회 없이 이 순간을 즐기며 행복하게 살기를 바라는 이들이 20대에서 노년층에 이르기까지 다양하다. 오늘을 행복하게 즐기면서, 그런 오늘을 지속 가능하게 이어갈 수 있다면, 그야말로 최선의 카르페 디엠이 되지 않을까 싶다. (2017. 6. 18.)

프로메테우스와 독수리의 관계는?

: 한병철, 『피로사회』

프로메테우스 테마는 유럽의 문화사에서 다채롭게 변형 지속되었다. 카프카의 「프로메테우스」에서는 그 중 네 전설을 소개한다. 인간을 위해 신들을 배반한 프로메테우스를 응징하기 위해 독수리를 보내 간을 뜯어먹게 했다는 것이 그 첫째라면, 자기 간을 쪼는 독수리의 부리가 너무 고통스러운 나머지 자꾸 바위 속으로 프로메테우스가 파고들어가 결국 바위와 하나가 되었다는 것이 둘째다. 셋째는 세월이 많이 지나 신들도, 독수리도, 프로메테우스 자신도 잊게 되었다는 망각설이고, 넷째는 피로설이다. 신들도, 독수리도 지쳤고, 상처도 지친 나머지 스스로 아물고 말았다는 얘기다.

여기에 『피로사회』의 저자 한병철은 새로운 해석을 보탠다. 독수리를 "성과 주체와 전쟁을 벌이는 제2의 자아"로 파악하여,

프로메테우스와 독수리의 관계를 "자기 착취의 관계"로 재해석한다. 근대의 규율사회에서는 외적 규율이나 제도로 관리되었지만, 후기근대의 개인(성과 주체)들은 "복종, 법, 의무 이행이 아니라 자유, 쾌락, 선호"라는 원칙으로 행동한다. 그는 명령하는 타자의 부정성으로부터 벗어나 자기 자신의 경영자가 되어 자유롭게 행동하는 것처럼 보이지만, 그 자유가 해방적이기만 한 게 아니다. 성과 주체는 스스로 자유롭다고 생각할 수 있겠지만, 실은 인간에게 불과 함께 노동도 가져다준 프로메테우스처럼 묶여 있다는 것이다. 끊임없이 다시 살아나는 간을 다시 쪼아대는 독수리처럼, 제2의 자아도 자기에게 부단히 더 일하라고 더 최선을 다하라고 아직은 충분하지 않다고 쪼아댄다는 얘기다. 이런 "자기 착취의 주체인 프로메테우스는 엄청난 피로에 빠지고 말 것"이라고, 한병철은 경고한다.

이런 피로사회의 성과 주체들은 종종 타자와의 관계나 유대가 끊어지면서, 자기 노동에 대한 보상 심급을 마련하지 못한 채 자아를 상실하기도 한다. 게다가 후기근대 생산관계의 비완결성과 자기 욕망의 무제한성으로 인해 자기 일에 만족감을 갖기 어렵다. 그래서 후기근대의 성과 주체들은 부지불식간에 자기착취를 행하는 과정에서 우울증에 빠지기 쉽다. 자유를 가장한 자기 강요로 인해 성과 주체들은 절대적 경쟁 속에서 자기를 소진하고 파국에 이를 수도 있어 매우 위험하다. 가혹한 자유의 역설일까? 일찍이 에리히 프롬도 『자유로부터의 도피』에서 그런 역설을 강조한 바 있다. 중세에서 근대로 이행하면서 근대적 개인은 자연이나 신 등 전통적 속박으로부터 해방되어 자유를 획득했으나, 반대로 자아가 축소되는 결과를 빚어, 역설적으로 자유로부터 도피하려는 성향을 보인다는 것이다. 자유의 역설로 인해 근대적 개인은 "고독과 공포와 혼미"에서 벗어나기 어렵다고 했다. 한병철은 소진증후군이나 우울증에 빠져 파국에 이를 수도 있는 후기근대의 성과 주체의 피로가, 근대인보다 훨씬 심하다고 지적한다.

연말이면 신경 쓸 게 많지만, 성과 평가도 그렇다. 이와 관련해 프로메테우스 이야기는 여러 질문거리를 열어준다. 조직과 개인이 더불어 진화할 수 있는 성과 평가의 방향은? 조직에 의한 착취이든, 제2의 자아에 의한 착취이든, 그런 소외와 피로가 덜한 그런 분위기 속에서 평가 문화를 조성할 가능성은? 결국 피로사회를 넘어서 행복사회로 도약할 수 있는 희망은?

(2017. 12. 9.)

The Pink Camellia (detail 1897) Pierre-Georges Jeanniot (France, 1848–1934)

'하지 않는 것'을 선택할 수 있을까?

: 허먼 멜빌, 「필경사 바틀비」

필경사란 직업이 있었다. 문서를 있는 그대로 필사筆寫하고 글자 수대로 수당을 받던 직업이었다. 러시아 작가 고골리의 「외투」에서 아카키 아카키예비치는 페테르부르크의 필경사였다. 매우 성실하게 필사했지만 낮은 수입 탓에 곤핍했던 그는 애면글면 새 외투를 마련하게 된다. 그러나 불행하게도 새 외투를 입고 출근한 첫날 밤 강탈당하고 만다. 여기저기 찾아다니며 외투를 찾아달라고 하소연하지만 이내 물거품이 되자 화병으로 죽게 된다. 그가 죽은 후 페테르부르크 밤거리에 귀신이 되어 외투만 벗겨간다는 소문이 떠돈다. 19세기 초반 러시아 하층민의 비애를 고골리는 억울한 유령이 될 수밖에 없었던 필경사 이야기에 담았다.

『모비딕』으로 잘 알려진 미국 작가 허먼 멜빌의 「필경사 바틀비」의 주인공 역시 필경사였다. 흔히 미국 경제의 심장부로 얘기되는 월 가가 형성되던 1853년 작품이다. 맨해튼에 마천루들이 들어서고, 주식과 부동산 거래가 활성화되던 무렵, "부동산 양도증서 작성 변호사이자 부동산 권리증서 추적자이자 온갖 종류의 난해한 서류 작성자의 업무"를 하는 변호사 사무실의 필경사로 주인공 바틀비가 고용된다. "창백할 정도의 단정함, 애처로운 기품, 그리고 치유할 수 없는 고독"한 모습으로 나타난 바틀비는 첫 며칠 동안 엄청난 양의 필사를 한다. "마치 뭔가 필사할 것에 오랫동안 굶주린 사람처럼 그는 내 문서를 닥치는 대로 먹어치우듯 했다. 소화를 위해 쉬지도 않았다. 그는 밤낮을 가리지 않고 일하면서 낮에는 햇빛으로 밤에는 촛불을 켜고 필사를 했다. (중략) 그는 말없이, 창백하게, 기계적으로 필사를 계속했다."

그러다가 변호사가 필사한 서류 검토 작업을 같이 하자고 요청하자 "온화하면서도 단호한 목소리로" "I would prefer not to." 라고 대답한다. 번역본에 따라 "안 하는 편을 택하겠습니다", "그렇게 안 하고 싶습니다", "하고 싶지 않습니다", "그러지 않는 편이 낫겠어요" 등으로 옮겨진 이 대목이 문제적이다. 하지 않는 것을 선택하겠다는 자유의지의 단호한 표명이어서 결코 범상치 않다. 법과 명령 체계 그리고 돈의 흐름으로 운영되는 자본주의 체제 흐름을 중단시키는 어떤 계기가 매설되어 있기 때문이다. 끊임없이 요구하고 명령하고 감시하는 체제에 대한 부정과 무위의 선택, 그것은 메인 스트림을 거스르며 비껴난 사잇길에서 새로운 생의 이면을 환기한다. 들뢰즈, 아감벤, 지젝, 한병철 등 여러 철학자들이 바틀비를 다양하게 주목한 것은 그런 문제성 때문이다. 바틀비는 필사하는 일도, 공동으로 서류 검토하는 일도, 우체국에 다녀오는 일도, 다른 직업을 선택하라는 권유도 모두 거부하기에 이른다. 사무실을 떠나라는 것도 거부한다. 끝내 부랑자 구치소에 갇히게 된 그는 식사를 거부하면서 자기 생을 마감한다.

과로사회 혹은 피로사회라는 말이 회자된다. 주당 52시간 근무제를 시행하면서 과로가 줄어드는 분위기를 기대했지만 아직은 쉽지 않은 것 같다. 아감벤이 이상적인 삶의 형상으로 본 순수한 삶, 즉 순수하기에 잠재성으로 충만한 삶은 아직 멀리 있는 느낌이다. 바틀비는 노동 과정에서 소진과 절망을 체험한 인물인지도 모른다. 경쟁에 쫓기며 일을 하면 할수록 잠재성은 소진되고, 가능성은 거세되기 일쑤라면 행복의 지평은 어디서 마련할 수 있을 것인가. 그렇다고 바틀비처럼 '하지 않는 것'을 선택할 수 있을까? 소설은 이렇게 끝난다. "아 바틀비여! 아, 인간이여!"(2018.9.7.)

그대, '공짜 점심'을 꿈꾸는가?

: 가 알페로비츠, 루 데일리 공저, 「독식비판」

흔히 보통 사람들은 지금보다 더 많은 부富를 성취할 수 있기를 바란다. 상대적으로 비교하면서 속상해하기도 하고, 궁금해하기도 한다. 어떻게 하면 돈을 잘 벌 수 있을까? 노력을 덜했을까? 숙련된 기술이나 재능이 떨어졌을까? 운이 따라주지 않았을까? 그런 생각의 저변에는 성취에 대한 개인 신화들 때문이다. "자신의 독창적 재능만으로 시장에서 최대 가치로 보상받는 사람들이 많다"고 말하는 미국의 한 CEO나 "이만큼 세우기까지 우리는 어느 누구한테도 의존하지 않았다"는 미국 금융가의 거물 샌포드 웨일의 발언 등이 그것을 뒷받침한다.

과연 그럴까? 세상이 다 아는 거부인 워렌 버핏은 다르게 말한다. "내가 번 것 중에 아주 많은 부분은 사회에서 나온 것이다." 미국의 이전 세대나 다른 나라 사람들에 비해 일하기 좋았던 여건을 그는 주목한다. 자신이 미국에서 1700년에 태어났더라면, 혹은 방글라데시에서 태어났더라면, 결코 그런 성취를 거둘 수 없었으리라고 말한다. 또 빌 게이츠의 아버지는 아들이 언젠가 남길 유산에 대한 과세를 촉구하며 이렇게 말했다. "성공은 이 나라에서 태어났다는 이유만으로 얻게 되는 산물이다. 이곳에서는 교육과 연구에 보조금이 지급되고, 질서정연한 시장이 있으며 또 사적 부문이 공공투자 덕분에 엄청난 이득을 거두고 있다. 누군가가 실질적인 공공투자의 혜택을 입지 않고도 미국에서 부유하게 성장할 것이라고 단언한다면 그것은 순전히 오만이다."(『독식비판』)

미국의 진보적 정치경제학자 가 알페로비츠^{Gar Alperovitz}와 초당파적 싱크탱크이자 공공정책 연구가인 루 데일리(Lew Daly)가 공저한 『독식비판』은 그 부제가 알려주는 것처럼 '지식 경제 시대의 부와 분배'의 문제를 경제사상사의 관점에서 다룬다. 단순히 말하자면 웨일보다는 버핏의 견해가 타당함을 논증한 책이다. 시간을 가장 위대한 발명가라고 했던 이는 프랜시스 베이컨이었다. 『독식비판』의 저자들이 보기에 현재의 성취는 오랜 시간적 축적의 보상 혹은 과거로부터 전해진 선물이다. "현 상태의 국가는 우리 이전에 살았던 모든 세대들의 발견, 발명, 개선, 숙달, 분발의 결과"라고 했던 프리드리히 리스트를 각별히 주목하는 것도 그 때문이다.

과거와는 달리 오늘날 경제 성장의 원천은 지식인데, 모든 지식은 사회 속에서 축적된다. 축적된 지식들의 새로운 결합을 통해 기술 진보와 새로운 지식 생산이 이루어지는데, 그 과정에서 가장 큰 투자자는 공공 부문이다. 특히 20세기 후반 이후 지식의 응용을 통해 새로운 발명으로 이어지는 사례가 급증하고 있으며, 지식을 저장하거나 증폭하는 사회적 장치 내지 능력이 크게 신장되었다. 이렇게 지식과 기술은 사회의 공동 축적물인데, 그 소유권이나 사용권이 소수에게 편중된 것은 문제다. 하여 그 소수들에게, 그대 공짜 점심을 꿈꾸고 있지 않는가, 질문하고 싶어 한다. 정의롭지 않은 불로소득을 줄여야 한다는 것이다.

"개혁을 위해 가장 분명하게 포함시켜야 할 영역은, 상위 1~2퍼센트에 대한 소득 과세 증가, 현행 사회부장세의 상한액 인상, 법인세 증액, 그리고 대규모 토지에 대한 상속세 인상이다. 특히 대규모 자본이 사적으로 상속되는 일은, 자신이 기여해서 번 것에 대해서만 응분의 권리 자격을 가진다는 원칙을 어긴 것이다."

결국 경제 정의의 새로운 패러다임 문제다. 우리도 사려 깊게 그러나 실천적으로 풀어야 하는 과제여서, 책을 덮는 마음이 무겁다. (2016.8.28.)

새로운 사회계약은 가능할까

: 제러미 리프킨, 「노동의 종말」

OECD 국가별 노동시간 통계를 보니 생각이 많아진다. 2000년에서 1015년까지 16년 동안 평균 노동시간에서 한국이 1위란다. 독일 근로자들이 1405시간 일할 때 한국의 취업자들은 2283시간 노동했다. 2015년만 보면 2113시간으로, 2246시간 일한 멕시코에 이어 2위다. OECD 회원국 평균 노동시간(1766시간)보다 347시간 많다. 독일은 1371시간 일했다. 시간당 실질임금은 노동시간에 반비례하는 경향을 보였다. 멕시코가 6.62달러, 한국인 15.67달러, 독일이 32.77달러다. 가까운 일본의 근로자들은 연간 1719시간 일하면서 시간당 20.81달러를 받았다.

주지하다시피 인류는 노동을 통해 문명을 일구어왔다. 그 과정에서 노동 시간은 점차로 줄어들었다. 노동 시간이 줄어들면 자유 시간이 늘어나 좋지만, 반대급부로 일자리가 줄어든다.

산업혁명 시기의 기계파괴운동을 기억하고 있거니와, 제3차 산업혁명으로 불리는 작금의 상황, 그러니까 하이테크놀로지로 무장한 로봇, 인공지능 소프트웨어들이 인간의 노동을 대체하게 되면서, 사정은 더욱 급변한다. 생산성을 중시하는 많은 기업가들은 자연스레 신규 채용보다는 자본 투자를 늘린다. 그에 따라 일자리는 더욱 줄어든다. 이런 상황이 가속화되면 결국 '노동의 종말'에 이를 것인가?

제러미 리프킨이 보기에 시장 경제의 작동을 너무 과신하면 곤란하다. 취업의 기회로부터 쓰레기처럼 버려진 많은 실업자들이 범죄, 마약, 매춘 등에 빠질 수 있고, 그렇게 되면 사회 안전망이 무너지고 결국 지속 가능한 지구 살림을 하기 어렵게 된다. 즉 일자리를 다각적으로 창출하여 실업과 범죄율을 줄여야 원활하게 하이테크 시대로 전환할 수 있다. 그러기 위해서는 새로운 사회 계약이 필요하다고 리프킨은 주장한다. 우선 일을 나누는 것이 요긴하다. 취업자들의 노동 시간을 단축하여 실업자에서 분배하는 방안이 강구되어야 하는데, 가령 연장 근로시간만 제한하더라도 그 효과는 크다. 한국노동사회연구소의 자료에 따르면 연장근로를 포함하여 주당 52시간을 일할 경우 62만4000명이 일하는데, 30시간 근무로 단축하면 108만2000명이 일할 수 있다. 고용 창출 효과가 만만치 않다.

단축으로 생기는 미사용 노동력, 에너지, 자원을 건설적으로 재활용할 수 있는 제3부문이 강화되어야 한다. 시장으로부터 축출된 노동력을 흡수하여 기초적인 사회적 서비스와 문화적 생활을 윤택하게 할 수 있도록 하는 사회적 경제가 제3부문이다. 기존의 사적/공적 부문의 중간 지대에서 제3의 경제가 잘 작동하면 경제 생태가 좋아질 수 있다. 예컨대 자원봉사나 공동체 서비스 활동에 대해 임금을 지급할 수 있도록 사회경제적 펀드를 조성하고, 이를 유기적으로 운영하기 위한 다양한 제도적 장치가 마련되는 게 좋다. 즉 제3부문을 통해 최악으로 빠질 수 있는 잉여인간들로 하여금 레저를 즐기면서도 적절히 노동할 수 있게 해주자는 것이다. 인간 정신에서 체제에 이르기까지 거듭나지 않으면 안 되겠다는 리프킨의 전언이 의미심장하다.

"우리는 지금 세계 시장과 생산 자동화라는 새로운 시대로 진입하고 있다. 거의 노동자 없는 경제로 향한 길이 시야에 들어오고 있다. 그 길이 안전한 천국으로 인도할 것인지 또는 무서운 지옥으로 인도할 것인지의 여부는 문명화가 제3차 산업혁명의 바퀴를 따라갈 후기 시장 시대를 어떻게 준비하느냐에 달려 있다. 노동의 종말은 새로운 사회 변혁과 인간 정신의 재탄생의 신호일 수도 있다. 미래는 우리의 손에 달려 있다."(『노동의 종말』) (2016.9.9.)

그레고르 잠자는 왜 벌레로 변신했을까?

: 프란츠 카프카, 「변신」

김기덕 감독의 영화 「피에타」(2012)의 강도(이정진 분)는 「나쁜 남자」보다 더 나쁜 남자다. 온갖 끔찍한 방법으로 채무자들로부터 돈을 뜯어내는 그는 어쩌면 괴물 같은 형상으로 다가오기도 한다. 이 나쁜 남자로부터 속절없이 당해야 했던 채무자들 역시 스스로 괴물이거나 벌레 같은 존재라고 느꼈을지도 모른다. 그렇지 않으면 좋지만, 때때로 내 삶이 벌레처럼 구차하다고 느껴질 때가 있다. 혹은 벌레처럼 내동댕이쳐질 위기 상황을 절감하는 순간들도 있다. 그런 감각들이 깊어지면 운명적 소외와 환멸적 우수에 빠져들 수도 있다. 비단 어제 오늘의 문제가 아니지만 사채업자들의 횡포 때문에 수렁에 빠진 사람들의 이야기를 들으면서 자연스레 프란츠 카프카의 「변신」(1916)을 떠올린다.

"나는 까마귀입니다. 나의 날개는 위축되어 있습니다. … 빛나는 것에 대한 감각이 결여되어 있습니다. 나는 돌산 속에 모습을 숨기고 싶어 하는 까마귀입니다."라고 말했던 이가 카프카였고, 또 다른 소설 「시골의 혼례 준비」에서 "나는 침대에 누워 있을 때, 가끔 커다란 딱정벌레나 아니면 풍뎅이의 모양을 하고 있지 않는가 하고 생각한다."라고 서술했던 이가 바로 카프카였다. 그리고 「변신」은 "어느 날 아침, 그레고르 잠자가 무엇인가 심상치 않은 꿈에서 깨어났을 때, 침대 안에서 자기가 한 마리의 징그러운 벌레로 변신해 있는 것을 발견하였다."는 문장으로 시작된다.

느닷없는 변신 이야기다. 그레고르 잠자는 어째서 벌레로 변신하는가? 일차적으로 빚진 자의 숙명적인 굴레 때문이었다. 사정은 이러하다. 5년 전 파산한 아버지는 그레고르가 일하는 가게 주인에게 빚을 짊어졌다. 이에 그레고르는 빚도 갚아야 하고 또 가족의 생계도 꾸려 나가야 하는 처지여서 열심히 의류 외판원으로 일한다. 상과대학을 나와 군대 생활을 마친 그레고르는 성실한 세일즈맨으로 일하면서 머잖아 빚을 다 갚을 수 있을 것이며, 또 음악에 소질이 있는 누이동생 그레테를 음악학교에 보내줄 생각까지 하면서 나름의 희망을 일구며 살아가는 아주 건실한 청년이었던 것이다. 건실하게 노력했지만, 그것은 어쩔 수 없는 억압의 굴레였을까. 정녕 돈이 문제였을까.

벌레로 변한 다음 모든 것이 달라졌다. 정상인으로서 돈을 벌 수 있을 때 그는 가게에서는 믿음직한 세일즈맨이었고, 가정에서는 사랑받는 아들이며 오빠였다. 하지만 돈을 벌지 못하고 벌레가 된 그는 철저한 소외자이며, 해충에 불과할 따름이다. 더 이상 가족의 일원일 수도 없었으며, 특히 아버지의 가학적 공격성의 대상이 되기도 한다. 변신 전후에 보이는 이런 가족 구성원 간의 부조리한 행위, 자식에 대한 아버지의 횡포, 소외 등은 가히 벌레 같은 상황에 다름 아니다. 아들과 오빠를 사랑한 것이 아니라 돈을 사랑했던 것으로 보이기도 하는 이 어처구니없는 상황, 하나의 인격체가 아닌 단지 돈벌이 수단으로서만 세일즈맨을 치부한 비인간적인 고용주의 태도, 욕망하는 기계인 자본주의의 거침없는 톱니바퀴…… 이 정도라면 사람의 상황이라기보다 벌레의 상황이라고 보아야 하는 게 아닐까? 일종의 '벌이-벌레' 같은 비극적 정황을 작가 카프카는 다소 비현실적인 시점에서, 아주 냉혹한 문체로 그려냈다. 1950년대에 이 땅에서 전혜린은 "돈이 떨어지다. 배는 다소 고프지만 나는 즐겁다. 오늘은 가을 하늘이 멋이 있었고……" 운운한 적이 있다. 과연 오늘날에도 그렇게 쓸 수 있을까? (2016.9.24.)

Lesende Frau (1913). August Macke (German, 1887-1914)

희망을 견인할 공정한 경제 시스템은 어디에?

: 아서 밀러, 「세일즈맨의 죽음」

막이 오르면 곧 허물어질 듯 낡아빠진 집이 희미하게 무대에 떠오른다. 거대한 콘크리트 아파트 숲에 둘러싸여 짓눌린 듯 을씨년스럽다. 이 집으로 아주 무거운 가방을 들고 초로의 남자가 귀가한다. 삶의 무게 때문이었을까. 무거운 가방에 눌려 축 처진 어깨가 안쓰럽다. 오랜 삶의 경쟁에 찌든 피로감이 역력하다. 금세 무너져 내릴 듯 흐느적거린다. 세일즈맨 윌리 로만. 어쩌면 'Low+man'으로 읽힐 수 있는 로만은 누가 보더라도 '낮은 사람'이라는 뉘앙스를 풍긴다. '욕망하는 기계'인 자본주의 경제 체제의 비인간적 힘에 의해 마모되는 부속품, 혹은 무기력한 하층민의 전형처럼 보인다. 바로 아서 밀러의 1949년 퓰리처상 수상작 『세일즈맨의 죽음』의 주인공이다.

63세의 늙은 외판원인 그는 36년간 회사에서 일했다. 젊은 시절 그는 부지런히 일해 머잖아 세일즈맨으로서 성공하고 비즈니스맨으로도 도약할 수 있으리라는 희망을 지녔다. 모든 국민은 자유와 행복을 추구할 권리를 가지고 있으며, 또한 무한한 가능성을 지니고 있는 나라의 국민이라 생각했다. 그에게는 사랑하는 아내와 믿음직한 두 아들이 있었다. 월부로 집 한 채도 마련했다. 월부금이 곧 끝나게 되면 그 집은 온전히 자기 몫이 될 터였다. 그런 희망에 부풀어 있을 때 그의 가정은 밝은 웃음꽃을 피울 수 있었다.

하지만 윌리 로만의 꿈은 현실의 풍파에 시달리면서 점점 사위어가는 희미한 불꽃이었다. 성과급으로 받는 세일즈맨이었기 때문에 나이가 들어감에 따라 수입은 점차 감소되고, 그만큼 희망도 축소되었다. 월부 판매를 주로 해왔던 그의 인생은 한마디로 '월부 인생'이었다. 아무리 열심히 일해도 월부금은 늘 주급을 초과했다. 자동차든 냉장고든 첫 월부금을 내는 순간부터 마모되기 시작하여 지불이 끝날 무렵에는 이미 폐품이 돼버리기 일쑤였다. 월부의 악순환! 삶을 '폐품 저장소와의 경주'라고 말하는 그의 인생도 폐품처럼 전락하고 있었다. 세일즈 가방의 무게가 힘겨워진 그가 내근을 신청하지만 결과는 전격 해고였다. 36년 동안 회사를 위해 일한 그에게 '사업은 사업'이라고 믿는 사장은 인정을 베풀지 않았다. 이런 항변도 차라리 무기력한 넋두리처럼 들릴 뿐이다. "오렌지의 속만 까먹고 껍질만 내던져버릴 순 없지 않은가. 사람이 결국 과일 조각은 아니잖아."

'오렌지 속'이 돈이 되지 '껍질'은 돈이 될 수 없다는 비정한 경제 논리에 의해 그는 무참히 폐기된 빈 껍질 신세로 전락한다. 꿈이 좌절되고 희망이 소실되는 순간이다. 배신감·비애·울분·피로·절망감으로 늙은 육체는 더 이상 헤어나기 힘든 회한과 광기의 소용돌이에 휩싸이게 된다. 절망감 속에서 그는 자식들에게 사업자금을 챙겨주려는 의도로 차를 몰아 죽음으로 질주한다. 이 비극적 월부 인생의 종말을 애도하는 부인 린다의 말이 가슴을 울린다. "제가 오늘 이 집의 마지막 월부금을 치렀는데 그 집에 사실 분이 계시지 않는군요."

자살 빈도가 높은 한강 다리의 보호 장벽을 높였더니 자살 건수가 줄었다는 보도를 접하면서, 잘한 조치이지만 가련한 월부 인생들이 생명을 포기하지 않아도 좋을 정도로 사회 보장 시스템이 더 갖추어져야 하지 않을까 하는 생각을 했다. 희망을 견인하는 공정한 경제 시스템에 대한 실천적 비전이 절실하다. (2017. 2. 25.)

비밀을 사랑하는 돈은 얼마나 위험한가?

: 게오르그 짐멜, 「돈의 철학」

돈이 없어 굶주린 이가 허기를 채우기 위해 빵을 훔쳤다. 분명히 돈으로 살 수 없는 인격을 매매한 행위로 비난받는다. 또 다른 어떤 이는 자기의 경제적, 정치적 목적을 위해 은밀하게 이해당사자에게 뇌물을 제공했다. 이 또한 인격과 돈의 교환이 명백한 행위다. 『돈의 철학』의 저자 게오르그 짐멜은 이 두 행위 중 어떤 것이 더 문제인가를 논의한다.

돈과 인격의 교환이라는 측면에서 등가인 위반 행위지만, 그 행위가 이루어지는 정황이나 심리적 의도 등을 종합할 때, 뇌물 공여가 훨씬 나쁘다. 배고픈 이가 빵을 훔치는 행위는 신체 유지를 위한 순간적 충동으로 이루어질 수 있기에 비교적 가벼운 죄과로 취급될 수 있다. 허기로 빵을 훔치는 것보다 장식품이나 기호품을 훔치면 상대적으로 덜 가벼운 것으로 간주된다.

연료를 훔치면 더 무거워진다. 직접적 충동으로부터 거리가 있기 때문이다. 빵이나 물품을 훔칠 때보다 생각할 시간이 더 필요한 까닭이다. 돈을 훔치면 그 거리가 더 멀다.

나아가 뇌물 수수는 순간의 직접성으로부터 가장 멀어진 상태에서 의도적으로 이루어진다. 굶주린 이가 빵을 훔칠 때의 자연적 충동이나 유혹으로 설명될 수 없다. 변명의 여지를 찾기 어렵다. 짐멜은 이렇게 말한다. "돈에 의한 매수는 직접적으로 향유할 수 있는 가치를 통한 매수에 비해 보다 세련되고 보다 철저하게 타락한 도덕적 상태를 상징적으로 보여주며, 따라서 돈의 본성에 의해 가능해지는 비밀성은 수뢰자에 대한 일종의 보호 장치로서 기능한다는 것을 알 수 있다."

물품과는 달리 돈은 사적이고 개인주의적인 본질을 지닌다. 익명성과 무특성으로 인해 은닉 가능성이 대단히 높은 상징적 기호가 바로 돈이다. 이런 돈을 매개로 한 뇌물 수수는 기본적으로 비밀스럽게 이루어진다. 그럴 때 돈은 수뢰자를 위한 보호 장치가 된다. 게다가 돈의 액수로 수뢰자의 품위를 존중하는 것 같은 환상을 주기도 한다. 대개 선물의 형식을 취하기도 한다. 어떤 형식이든 역사적으로 많은 뇌물 수수 혹은 매수 행위가 이루어졌다. 돈으로 다양한 성향의 표를 사서 정치적 목적을 달성한 사례도 많았고, 경제적 성취를 거둔 예도 많았다. 목적이 클수록 뇌물의 크기도 비례했다. 짐멜은 영국의 의원내

각제를 확립하고 초대 총리를 역임한 로버트 월플의 사례를 소개하기도 한다. "그 자신은 절대로 매수될 사람이 아니었다. 그러나 현명하고 정당한 자신의 정치적 목표들을 달성하기 위해서 그는 하원 전체를 매수할 준비가 되어 있었으며, 아마 전 국민을 매수하는 일도 주저하지 않았을 것이다."

그러나 진실을 추구하려는 역사의 이성은 뇌물의 공개성을 추구한다. 공공 이익의 보호 장치는 돈을 매개로 한 타락한 부패 행위들을 들추어내고 전체의 이익을 위해 기여하려는 방향으로 작동하기 때문이다. 이런 흐름은 인간 생활의 절대적 수단인 돈이 절대적 목적으로 변질되는 것을 예방하고자 한다. 돈에 기초한 물질문화로부터 인간의 영혼을 지킬 수 있는 이상적 정신문화를 추구하기 위해, 법적 제도적 장치는 물론 개인의 윤리적 의지와 정신적 능력이 중요하다는 사실을 짐멜은 강조한다. 뇌물과 관련한 크고 작은 재판들이 이루어지고 있다. 또 성큼 다가온 선거 과정에서 그런 일들이 일어나지 않기를 바라는 진실한 마음들이 긴장한다. 늘 문제는 비밀을 사랑하는 돈이었다. 비밀스런 돈을 넘어 투명한 돈의 세상을 만들려는 의지와 실천이 요긴하다. 그래야 희망을 말할 수 있다. (2017.4.8.)

적당히 재능 있는 사람은 어떻게?

: 로버트 H. 프랭크, 필립 쿡, 「승자독식사회」

타임머신을 타고 과거로 가 보자. 아주 작은 규모의 친족끼리, 이를테면 50명 내지 100명 정도가 모여 살던 시절까지 거슬러 올라가 보자. 그 친족사회의 구성원들은 저마다 타고난 소질을 바탕으로 일하며 공동체에 기여하고 있다는 즐거움을 느낄 수 있었겠다. 누군가는 이야기를 하고, 누군가는 동굴 벽화를 그렸을 터인데, 그 이야기며 벽화가 더불어 사는 친족들에게 인정받았을 것이다. 그러나 요즘 적당히 재능 있는 사람은 그때처럼 존중받지 못한다. 커트 보네거트의 소설 『푸른 수염의 사나이』의 주인공 라보 카라베키안의 생각을 잠깐 따라가 보자. "왜냐하면 출판과 라디오와 텔레비전과 위성통신 같은 것들 때문에 적당히 재능 있는 사람이 소용없어졌기 때문이다. 1000년 전만 해도 마을의 보배로 여겨졌을, 적당하게 재능 있는 사람들은, 이제 자신의 재능을 포기하고 다른 일거리를 찾아 나서야 한다. 왜냐하면 현대의 통신기술 덕분에 그는 날마다 세계 일인자와 경쟁해야 하기 때문이다. ……이제 각 분야마다 10명 남짓의 챔피언들만 있어도 전 세계는 잘 굴러가게 되었다."

특히 스포츠나 연예계 등에서 그런 경향은 심해졌다. 메달권에 들거나 최소한 톱10 안에 들어야 그 재능이 인정되고 시장에서 높은 가격으로 교환될 수 있다. 이런 현상을 예리하게 분석하면서 로버트 프랭크(코넬대)와 필립 쿡(듀크대) 교수는『승자독식사회』에서 역설한다. "승자가 모든 것을 가지는 승자독식사회에서는 합의를 통해 최고상의 크기를 줄이고 경쟁을 완화해야만 비참한 사회로 추락하지 않게 된다." 재화와 서비스의 가치가 최고 실력자들에 의해서 결정되고 그 보수 또한 그들 중심으로 배분된다면, 적당히 재능 있는 사람들의 설 자리는 어디인가, 질문하면서 이 책을 읽게 된다. 일찍이 "무릇 있는 자는 받아 풍요하게 되고 없는 자는 그 있는 것까지 빼앗기리라."고 했던 마태복음의 구절을 따서 사회학자 로버트 머턴이 명명한 '마태 효과'가 더 극단적으로 작동된다면, 세상의 형평성은 참담하게 균열될 것이다. 이에 저자들은 철학자 마이클 월저의 불평등에 대한 우려를 참조한다. "소득이 높아야 고급 승용차를 살 수 있다는 사실은 받아들일 수 있어도, 소득이 높아야 좋은 학교에 다니고 기본적인 의료혜택도 받을 수 있다는 사실은 받아들이기 어렵다. 돈이 있어야 해외로 휴가를 떠날 수 있다는 사실은 견딜 수 있어도, 돈이 있어야 공평한 재판을 받을 수 있다는 사실은 견뎌내기 힘들다."

어떻게 승자독식사회를 벗어날 수 있을까. 누진세 중심의 조세정책, 의료와 교육 혜택 확대, 의미 있는 담합으로 조금 덜 일하는 사회 분위기 조성 등 여러 방향에서 적극적인 실천이 요구된다고 저자들은 말한다. 그 중 다양성 기조의 확산과 문화의 회복 문제를 언급한 대목이 새삼 눈길을 끈다. 1등으로만 수렴되는 획일적 문화로는 승자독식 경향으로부터 벗어날 수 없겠기 때문이다. 다양한 리그들의 병존, 그 리그들 사이의 명백한 차이보다는 각 리그들의 고유한 개성과 가치를 존중해주는 문화가 웅숭깊을 때 적당히 재능 있는 사람들도 행복하게 세상을 살아갈 수 있을 것이다. 평창 동계 올림픽에서 은메달을 땄으면서도 기뻐하지 못하는 선수들, 특히 정말 아슬아슬한 차이로 4위를 한 선수들의 눈물을 보면서 참 안쓰러운 느낌을 지우기 어렵다. 올림픽에 참가한 선수들 모두 함께 정녕 즐길 수 있는 그런 문화의 가능성, 또 적당히 재능 있는 사람들도 함께 행복할 수 있는 문화의 가능성을 기대하며, "영미, 영미, 영미~" 외쳐본다. (2018. 2. 25.)

최소 소비로 최대 웰빙에 이를 수 있을까?

: 「법정스님의 무소유의 행복」

맑고 향기롭게 살아가기 운동을 전개했던 법정 스님은, 두루 아는 것처럼, 평생 '무소유'의 철학을 강조하고 실천했다. 인간이 필요 때문에 물건을 소유하게 되지만, 뭔가를 소유하게 되면서 집착하게 되고 자유롭지 못하게 된다고 했다. 무소유의 추구를 통해 영혼의 자유와 해탈을 추구하자며, '적은' 것의 지혜를 설파했다.

"될 수 있는 한 적게 보고, 적게 듣고, 적게 먹고, 적게 입고, 적게 갖고, 적게 말하는 습관을 들여야 합니다. 그래야 참으로 볼 것, 들을 소리, 또 살아야 할 삶을 챙길 수 있습니다. 그렇게 할 때 업의 덫에 걸려들 확률이 줄어듭니다. 이것은 소극적인 생활 태도가 아니라 지혜로운 삶의 선택입니다."(『법정스님의 무소유의 행복』)

그러나 대부분의 사람들은 적은 것보다는 많은 것, 큰 것을 선호한다. 그로 인해 생명체의 어머니인 대지를 그 자식들인 인간이 마구잡이로 훼손하는 상황을, 법정 스님은 경계했다. 커다란 생명체인 대지는 단순한 흙더미가 아니다. "흙과 식물과 동물들이 서로 조화로운 순환을 통해서 살아 움직이는 생명의 원천"이다. 그러기에 생태윤리가 절실히 요구된다. 생태 윤리의 실천을 위해 법정 스님은 이런 제안을 했다. 첫째, 색다른 물건을 보고 현혹되어 충동구매를 하지 말자. 둘째, 자동차를 부나 지위의 상징으로 여기지 말고 소형차를 타자. 셋째, 광고는 소비주의를 부추겨 생태적 위협을 가져올 수 있으니, 광고에 속지 말자. 넷째, 꼭 필요한 것만을 갖고 불필요한 것에 욕심을 부리지 말자.

어찌 보면 시대착오적인 제안으로 보일 수도 있지만, 실상 이 넷은 현대 소비사회의 핵심 윤리일 수 있다. 과시 소비, 유행에 따른 대량 소비의 후폭풍은 필연적으로 대량 폐기를 낳는다. 욕망의 조절로 쓰레기를 줄이고 자연과 인간을 동시에 살릴 수 있어야 함을 생각하게 한다. 불교 경제학의 맥락에서 보면 인간 삶의 목적은 "최소한의 소비로 최대한의 웰빙"에 도달하는 것이다. 그것을 위해서는 "적정 생산 틀로 소비를 극대화하려 하지 않고 적정 소비 틀로 만족을 극대화"(문순홍, 『생태학의 담론』)하는 게 중요하다.

무소유의 철학을 강조한 법정 스님은 있는 그대로의 궁극적 존재인 자연 상태를 중시했다. 당장의 편리를 위해서 문명의 이기를 많이 사용한다면 그만큼 자연과 인간이 병들 수 있다고 했다. 그가 보기에 문명은 "서서히 퍼지는 독약"일 수 있다. "문명에서 온 질병을 또 다른 문명으로는 치유할 수 없습니다. 오직 자연만이 그 병을 고칠 수 있습니다. 문명의 해독제는 자연밖에 없습니다."

미세먼지 문제가 초미의 관심사다. 미세먼지야말로 "서서히 퍼지는 독약" 그 이상임을 우리는 잘 안다. 사정이 결코 녹록치 않기에 그 원인과 근본 처방 문제를 놓고 토론이 많다. 지역과 국가 단위의 법적 제도적 장치들에서 전지구적 차원에서의 생태적 협력에 이르기까지 현안들이 만만치 않다. 그 처방들의 적절성 여부를 따지고 비판하는 것도 중요하지만, 그에 앞서 당장 지금, 여기서, 다른 사람이 아닌, 바로 내가 실천할 수 있는 윤리 감각을 벼리고 실천하는 일도 중요하다. 그런데 아직까지 많은 사람들은 그 미세먼지의 원인으로부터 자유롭다고 생각하는 것 같다. 그래서 법정 스님을 떠올리게 된다. 작은 것이 아름답다. 적은 것이 맑고 향기롭다. (2016.6.6.)

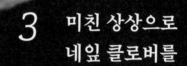

3 미친 상상으로
네잎 클로버를

사람은 무엇으로 사는가?

: 톨스토이, 「사람은 무엇으로 사는가」

세묜은 가난한 구두장이였다. 땅도 집도 없이 허름하게 사는 그는 한 겨울을 나기 위한 코트를 만들 양가죽을 마련하고자 집을 나섰다. 2년 동안 저축한 돈과 이웃 농부들에게 빌려주었던 돈, 밀린 삯을 받아 구입할 예정이었다. 그러나 사정이 여의치 않은 이웃들에게 돈을 받지 못했다. 결국 양가죽을 구하지 못한 채 싸구려 보드카 한 잔의 기운으로 추위를 견디며 집으로 돌아오던 중 교회 옆에 헐벗은 사내를 보게 된다. 처음에 제 코가 석자인데, 하며 그냥 지나쳤지만, 양심의 가책이 일어 그 사내를 데리고 집으로 온다.

양가죽 없이 거지만 데리고 들어온 남편을 본 아내는 기가 막힌다. 화난 그녀가 사내를 쫓으려 하자, 남편은 하느님 얘기를 한다. 아내는 노기를 거두고 거지에게 저녁을 제공한다. 그러자 거지는 희미하게 웃으며, 사람의 마음속에 무엇이 있는지 알게 된다. 바로 사랑이었다. 사내가 구두방에서 조수로 일한 지 1년쯤 되었을 때, 한 남자가 찾아와 1년 동안 닳지 않을 튼튼한 장화를 만들어 달라고 한다. 그러나 하느님의 천사인 사내 미하일은 그가 장화를 찾기로 한 날 죽으리라는 것을 알고 있었다. 그는 장화 대신 수의와 함께 필요한 신발을 만들며, 사람은 정작 자기에게 필요한 것이 무엇인지 제대로 알지 못한다는 진실을 깨우친다.

그리고 6년째 되는 어느 날, 미하일은 쌍둥이를 만나게 된다. 6년 전 미하일이 그 어머니의 영혼을 거둘 때 보았던 아이들이었다. 당시 천사는 그 산모를 데려오라는 하느님의 명을 받았지만 어미 없이는 그 쌍둥이들이 살지 못할 것 같아 하느님의 명을 어겼다가 다시 명을 수행했지만, 그 벌로 인해 추방된 상태였다. 그 아이들을 보고 천사는, 사람은 걱정으로 살아가는 게 아니라 사랑으로 살아간다는, 세 번째 진실도 헤아리게 된다.

이미 짐작했겠지만, 저 유명한 톨스토이의 『사람은 무엇으로 사는가』의 이야기다. 사람의 마음속에는 '사랑'이 있으며, 사람에게 주어지지 않는 것은 정작 자기 몸에 필요한 것이 무엇인지 알 수 있는 '힘'이고, 그러므로 사람은 '걱정'이나 욕망이 아니라 '사랑'으로 산다는 메시지를 강조했던 이 동화를 우리는 어렸을 때부터 읽어왔다. 그러나 너무 당연한 얘기여서일까. 우리는 여전히 마음속에 깃든 사랑을 믿지 못하며, 사랑으로 살지 못하고 있는 것 아닐까.

올 한 해 동안 우리를 슬프게 한 것들이 참으로 많다. 이른바 '헬조선'이나 '수저론', '갑질' 같은 말들이 우리 가슴을 무던히도 아리게 했다. 그런 말들의 심연에서 사랑이 결여된 가난한 마음을 발견하기란 어려운 일이 아니다. 1970년대에 작가 조세희는 사랑이 없는 사람들을 규제하는 법을 만들 것인가, 교육으로 사랑을 키울 것인가, 무척 고민했었다. 톨스토이는 교화 쪽이었다. 사랑의 실천론을 강조하는 복음으로 『사람은 무엇으로 사는가』의 말문을 열었다.

"누구든지 세상의 재물을 가지고 있으면서 자기의 형제가 궁핍한 것을 보고도 마음의 문을 닫고 그를 동정하지 않는다면 어떻게 그에게 하느님을 사랑하는 마음이 있다고 하겠습니까? 사랑하는 자녀들이여. 우리는 말로나 혀끝으로 사랑하지 말고 행동으로 진실하게 사랑합시다."(요한의 첫째 편지 3: 17-18)

새해를 맞으면서 진실하게 사랑한다는 것에 대해 함께 되새겨볼 일이다. (2015. 12. 27.)

인간은 노력하는 한 방황하기 마련일까?

: 괴테, 「파우스트」

『젊은 베르테르의 슬픔』을 일곱 번이나 읽었다는 나폴레옹이 괴테를 일러 "여기 참 사람이 있다"고 격찬했다는 이야기가 전한다. 생을 마감하면서 괴테가 마지막 남겼다는 말도 인상적이다. "좀 더 많은 빛을!" 과연 괴테답다. 보편적인 진리인 인간애와 휴머니즘 사상을 최고의 예술로 승화시켰다는 점에서, 그리고 수준 높은 탐구로 인간 최고의 이념과 의지를 구현한 범세계적 인간상에 도달할 수 있었다는 점에서, 동서양을 막론하고 세계인의 사랑을 받는 작가가 괴테다.

단테, 밀턴, 셰익스피어와 더불어 세계문학사의 찬연한 성좌로 추앙받는 괴테의 『파우스트』는 60여년에 걸쳐 자기 문학적 삶 전체를 바쳐 완성한 필생의 시극이다. 절정에 값하는 인간 정신으로 방대한 우주적 상상력을 펼쳐 보인 대작이다. 중세의 파우스트 전설을 당대에 재현하면서 방황과 추구, 모험과 구원의 유장한 드라마를 전개했다. 특히 '끊임없이 노력하는 자'의 구원 가능성이라는 오래된 주제에 대한 탐구와 세계의 비의秘義를 성찰하는 과정은 사뭇 인상적이다.

『파우스트』는 방대한 시극이라 간단히 요약하기 어렵지만, 지상에서 가장 뛰어난 석학 파우스트 박사가 자신의 생각과 행동 사이의 불일치를 고민하다가 악마 메피스토펠레스의 유혹에 빠져 온갖 쾌락과 악행을 체험하고는 다시 은총을 입어 하늘로 승천한다는 신비한 이야기다. 아는 것과 행하는 것, 선과 악, 밝음과 어둠, 성스러운 것과 세속적인 것, 사랑과 죄, 유한한 것과 무한한 것, 개체적인 것과 우주적인 것 등등 여러 대립 쌍들을 초극하여 최선의 가치 지평에 이르려는, 정녕 인간적인 꿈의 심연, 그 깊이에로 내려가는 상상력의 도정이 참으로 심원하다.

『파우스트』를 거듭 읽어도 "인간은 노력하는 한 방황"하게 마련이라고 했던 대목은 그냥 지나치기 어렵다. 괴테의 삶의 궤적과 파우스트의 편력에서 우리의 최종적 관심에 값하는 것은, 바로 상승적 발전을 위한 항상적 노력이다. 대립적인 것들을 껴안고 방황하면서도 지혜롭게 노력할 때 자기 삶의 구원에 이를 수 있다는 생각이다.

"인간의 항상적 노력이 구원을 얻는다는 것. 인간에게는 누구나 두 가지 영혼이 있게 마련인데 그것을 잘 조화시켜 나가면서 지혜롭게 살려는 노력이 필요하다는 것. 자신 안에 있는 악마를 부정하기 보다는 그것을 긍정하고 극복하려는 것이 우리의 삶을 보다 살찌울 수 있다는 것."

공무원 시험에 합격했다고 가족을 속이고 1년여의 시간을 보내다가 사죄의 유서를 남기고 자살했다는 어느 30대의 이야기를 비롯한 여러 우울한 사연들이 우리의 마음을 시리게 한다. 그 어떤 사연들에 대해서도 함부로 말해선 안 된다. 다만 괴테가 탐구한 두 영혼의 조화 가능성에 대해 생각해보고 싶다. 한쪽 영혼으로 치닫는 충동에만 이끌리지 말고 반대쪽 영혼의 동력을 통해 탄력적이고도 항상적인 노력을 펼친다면, 비록 메피스토펠레스와의 거래라 하더라도, 진정한 돌파구를 새롭게 마련할 수 있지 않을까. 그렇다. 우리는 항상 방황하고 번민하게 마련이다. 그러기에 인간이다. (2016.1.22.)

Reading (1890). Ilya Galkin (Russian, 1860-1915)

풍경을 통해 나를 재발견할 수 있을까?

: 괴테, 「이탈리아 기행」

독일 통일 직후인 1991년 제작된 피터 팀 감독의 영화 「트라비에게 갈채를」에서 동독 출신의 우도 가족은 "죽기 전에 나폴리를 보라"고 했던 괴테를 따라 옛 동독 국민차 트라비를 타고 이탈리아 남부를 여행한다. 작고 낡은 트라비는 잦은 고장으로 멈추어 선다. 그때마다 이 가족은 괴테의 『이탈리아 기행』을 읽고 인용하면서, 물질적 남루함을 정신적으로 승화하려 애쓴다. 이 가족뿐만 아니라 여전히 많은 세계인들이 괴테를 따라 이탈리아 여행을 한다. 휴가철인 지금도 그럴 터이다.

괴테에게 이탈리아는 유년 시절부터 동경의 땅이었다. 어릴 적부터 이탈리아 여행담을 자주 들려준 부친 덕분에 괴테는 이탈리아에 대해 많은 것을 상상하고 열망했다. 질풍노도의 시기의 아들에게 부친은 이탈리아 여행을 권했지만, 미룰 수밖에 없었다. 이미『젊은 베르테르의 슬픔』으로 유명세를 타고 있던 괴테는 26세에 바이마르 공국의 고위 관직을 맡아 10년 동안 일했다. 그러다 37세 생일잔치를 벌이던 중 홀로 빠져 나와 잠행하듯 이탈리아로 떠난다. 1786년 9월3일부터 20개월에 걸친 이탈리아 여행은 괴테를 거듭나게 한다.

1786년 11월 1일 괴테는 "마침내 나는 이 세계의 수도에 도달했다."며, 치유와 모색을 위해 여행 왔음을 밝힌다. "지난 몇 년 동안은 마치 병이 든 것 같았고, 그것을 고칠 수 있는 길은 오로지 이곳을 내 눈으로 직접 바라보며 이곳에서 지내는 것뿐이었다." 병과 고통의 근인은 자기 예술의 이상과 현실 사이의 갈등이었다. "나의 세계를 창조하기 위해서 많은 것을 획득했지만, 완전히 새로운 것이나 예기치 않았던 것은 전혀 얻지 못했다. 또한 나는 그 어떤 모형을 자주 꿈꾸어 왔다." 그 "어떤 모형"을 위해 정신의 탄력성을 견지하며 이탈리아 고전 예술미와 적극 교감한다. "내가 보는 대상들에 비추어 나를 재발견하자는 것"이 여행의 목적이었음을 거듭 환기하며, 감각적 실존의 경지를 제고한다. 자신의 관찰력으로 얼마나 많은 대상을 포착할 수 있는지, 그리고 그 대상들이 어떻게 자기 내부로 각인되면서 새롭게 변형 생성되는지를 예민하게 감지한다.

가령 셰익스피어의『로미오와 줄리엣』의 무대로 알려져 요즘 많은 관광객들을 맞이하는 베로나의 한 박물관에서, 괴테는 석상들의 생생한 현실감에 감동한다. "조각가는 다소간의 기술로써 인간의 단순한 현실만을 재현하였고, 그럼으로써 인간의 실존을 영속시키고 영생을 가져다주었다." 대리석 조각상을 보면서 과거와 현재의 대화를 성찰하고 그 시간적 영속성에서 인간 실존의 한계를 넘어선 예술의 경지를 새롭게 감각한다. 로마에서는 더 말할 것도 없다. "2천 년 이상이나 된 실체가 여기 있다. 시대의 변천에 따라 여러 가지로 근원적인 변화를 겪어 왔으면서도 …중략… 이러한 실체들을 대할 때면 우리는 운명의 위대한 의지에 따르는 동반자가 된다."

결국 이탈리아 기행을 통해 괴테는 예술의 "어떤 모형"을 재성찰하고, 작가로서 정체성을 되찾는다. 질풍노도 시절을 극복하고 고전주의 예술의 지평을 새로 연다. 『파우스트』 『빌헬름 마이스터의 편력시대』 등 걸작들이 그 결과물들이다. 괴테의 이탈리아 여행은 명실상부한 재발견, 재탄생의 시간이었다. 많이 이들이 꿈꾸는 여행이지만, 결코 쉽지 않은 그런 풍경이었다. 꼭 이탈리아일 까닭은 없다. 어디서 휴가를 보내든 그 풍경과 더불어 자기 삶의 새로운 모형을 성찰할 수 있다면 보람이 겠다. (2018. 7. 25.)

겉만 보고 선택하지 않을 수 있을까?

: 셰익스피어, 「베니스의 상인」

중소기업을 운영하는 지인들이 신입사원 추천을 의뢰하는 일이 종종 있다. 아직 규모도 작고 뚜렷한 평판을 얻기 이전의 회사지만, 콘텐츠가 충실해 발전 가능성이 있으니, 좋은 인재를 보내달란다. 취업 준비 중인 젊은 친구들과 상담해 보면, 대부분은 고개를 가로젓는다. 이유는 여러 가지다. 출발선이 중요하다는 것. 예전에는 중소기업에서 경력을 쌓아 대기업으로 이직할 수 있었지만, 지금은 사정이 다르단다. 시작이 마이너 리그면 제아무리 노력해봐야 메이저 리그로 올라갈 수 없다고 말한다. 또 어떤 친구는 미래가 불확실한 중소기업에서 일하는 것은 위험비용을 많이 지불하는 격이라고, 그보다는 안정적인 직장을 찾아야 한다는 소신을 밝힌다. 그래서일까. 여전히 구직난과 구인난의 악순환이 거듭되는 것은?

그럴 때 가끔 예전에 함께 읽었던 셰익스피어의 『베니스의
상인』이야기를 한다. 특히 세 개의 상자 이야기를 중심으로 선
택의 역설 문제에 대해 대화한다. 이 희극의 여주인공 포오샤
는 결혼 상대자를 고르기 위해 금·은·동의 세 상자를 준비한다.
그 중 하나에 자기 초상화가 들어 있는데, 청혼자가 그것을 고
르면 결혼할 수 있다. 각 상자에는 나름의 경구가 적혀 있다.
"나를 선택하는 자는 숱한 사람들이 원하는 것을 얻게 될 것이
다."(금 상자). "나를 선택하는 자는 자신의 자격만큼 얻게 될 것
이다."(은 상자). "나를 선택하는 자는 자신이 가진 모든 것을 내
주고 걸어야 한다."(납 상자)(2막 7장).

처음 온 모로코공은 금 상자를 연다. 숱한 남자들이 바라는
바를 얻고 싶었던 그에게 주어진 것은 해골이다. "반짝인다고
해서 다 금은 아니다. (중략) 금칠한 무덤이 정말 에워싸고 있는
것은 벌레뿐이다."란 전언과 더불어. 다음으로 아라곤공은 은
상자를 고른다. 그에게 "자신의 자격만큼"이란 고작 "백치 초
상"에 불과했다. 마지막으로 밧사니오 차례다. "겉모습에 깜빡
속을 수도 있"는 "교활한 시대"를 경계했던 이 베니스의 신사는
'모험'을 선택한다. 거기엔 포오샤의 초상화와 더불어 축하의
메시지가 들어 있다. "겉모습으로 선택하지 않은 그대. 운은 좋
았고 선택은 진실했도다. 이 운명이 그대 몫이니, 만족하라, 그
리고 새 운명을 구하지 말라."

응당 겉모습을 중시하는 시선에서라면 금이 가장 고귀하고 선호되는 대상이다. 당시 상황 또한 바야흐로 금으로 상징되는 돈과 경제적 가치가 급부상하던 때였다. 하지만 찬란한 황금이 거부되고 창백한 납이 행운의 상징으로 선택되는 극적 아이러니가 또한 역전이다. 금이 돈의 상징이라면, 납은 인간성의 상징이다. 외면과 내면이 뒤집히는 이 역전은 포오샤의 경우도 비슷하다. 모로코공과 아라곤공은 재산 많은 왕이거나 제후였다. 즉 현실적 조건으로 보면 밧사니오보다 훨씬 나았다. 그러나 포오샤는 밧사니오가 선택되기를 간절히 바란다. 낭만적 사랑의 감정과 더불어 봉건적인 제후보다는 근대적인 신사에게 미래지향적 가능성이 더 많다고 생각한 것이다.

납이 금을 넘어설 수 있다는 것. 잠시의 겉모양과는 달리 내면의 진정한 본질 혹은 가능성이 따로 존재할 수도 있다는 이 인식. 셰익스피어는 물구나무서기로서 그것을 웅변한다. 고양된 뒤집기의 미학을 창조한다. 그러나 극적 미학과 현실적 선택 사이에는 엄연한 거리가 있는 것일까? 젊은 친구들은 말한다. 드라마는 드라마고, 현실은 현실이라고. 겉만 보고 선택하지 않는다는 것. 결코 쉽지 않은 문제다. (2016.5.4.)

'정다운 무관심'은 어떻게 가능할까?

: 알베르 카뮈, 「이방인」

『시지포스의 신화』에서 알베르 카뮈는 말한다. "인간은 시지포스가 될 수밖에 없다. 그러나 시지포스처럼 행복해야 한다"고. 어떻게 그럴 수 있을까? 혹 시지포스의 운명으로부터 벗어나고자 한다면? 신의 징벌에 대한 두려움으로부터 인간이 자유로운 상태를 생각해 볼 수 있을지 모른다. 이 신 없는 우주에서라면 모든 것이 인간에서 허용될 것인가? 시지포스의 사슬이 온전히 풀릴 수 있을 것인가? 도스토예프스키적인 질문이기도 하다. 부당한 고통과 전지전능하면서도 선한 신이 어떻게 양립할 수 있을 것인가?

『카라마조프가의 형제들』에서 드미트리는 아버지 살해와 무관하지만 이런저런 사실들로 인하여 범인으로 지목되고 마침내 유죄 판결을 받게 된다. 『이방인』의 주인공 뫼르소는 실제로 살인을 저지르기는 했다. 그러나 그 행위는 전혀 악의가 없는 차라리 정당방위에 가까운 것이었다. 그럼에도 사형이 선고된다. 이글이글 타는 정오의 태양 때문에 살인을 저질렀던 그는 부조리한 사회적 인습 탓으로 여긴다. 그의 첫 번째 실수는 어머니의 장례식에서 울지 않은 것이었다. 왜 뫼르소는 울지 않았을까?

알제리의 선박 회사에 근무하는 뫼르소는 양로원에서 생활하던 어머니가 죽자 장례를 치르러 간다. 밤을 새우면서도 그는 눈물을 흘리지 않는다. 무관심한 표정이다. 하관을 할 때 사람들이 어머니의 나이를 물어도 정확하게 대답하지 못한다. 실제로 어머니의 나이를 몰랐던 것이다. 그저 넋 나간 표정으로 주위 사람들만 쳐다볼 뿐이다. 마치 어머니의 죽음이 자신과는 아무 관계도 없다고 여기는 사람처럼 행동한다. 장례를 마친 다음 그는 자기에게 변화된 것은 아무것도 없다고 생각하며, 알제리로 돌아오자마자 상장喪章을 단 채 해수욕장으로 나가 마리라는 처녀를 만나 즐기다가 하룻밤을 함께 보낸다. 파리의 지사에서 좋은 조건으로 일하지 않겠느냐는 제안도 거절한다. "사람이란 어떻게 살든 결코 생활을 바꿀 수 없으며, 어느 경우든 생활이란 다 마찬가지"란 생각 때문이다.

깡패 레이몽의 편지 대필이 화근이 되어 휘말리게 된다. "바다와 모래와 태양, 피리 소리와 샘물 소리의 이중의 침묵 사이에 이곳의 모든 것은 정지되어" 있었다. 그 순간 그는 "방아쇠를 당길 수도 있고, 그렇지 않을 수도" 있었는데, "어느 쪽이든 마찬가지"라는 생각을 한다. 이글거리는 태양이 어머니의 장례식 날과 똑같다는 생각을 하며 뫼르소는 두통에 시달린다. 그러다가 마치 태양을 향해 시위라도 하려는 듯, 자신과는 아무 관계도 없는 아랍인을 권총으로 사살하고 체포된다.

부조리한 세상의 이방인이었던 뫼르소에게 모든 것은 그렇고 그랬다. 세상사와 가치들을 무차별적인 것으로 치부하고 무관심할 따름이다. "타인의 죽음, 어머니의 사랑, 그 따위가 내게 무슨 소용이란 말인가? … 살인범으로 기소된 내가 어머니의 장례식 때 눈물을 뿌리지 않았다는 이유로 사형을 받는다 한들 그것이 뭐 그리 중요하단 말인가?" 이렇게 세상에 반항하는 이방인의 순수 초상을 보인다. 그러다가 결말 부분에서 자연 세계의 "정다운 무관심"에 처음으로 마음을 열게 된다. 역설이다. '정답다'와 '무관심'이 어떻게 호응할 수 있을 것인가? 뫼르소의 독특한 '무관심'의 심리는 거듭 곱씹어도 문제적이다. 격렬한 항의의 풍경과 무차별적 무관심의 풍경들이 양극에서 종종 연출되는 지금, 여기서도 뫼르소의 초상은 여전히 진행형이다. (2016. 10. 24.)

살아 있다는 것은 그 얼마나 기적인가?

: 셰익스피어, 「리어왕」

『리어왕』은 셰익스피어의 4대 비극 중에서도 가장 비극적이다. 믿었던 두 딸에게 속절없이 배반당한 채 미치광이처럼 광야에서 속절없이 죽어가는 리어를 비롯해, 세 딸의 죽음도 그렇거니와 글로스터 백작 일가의 이야기도 비극의 심연으로 인도하기에 충분하다. 부정적 인물은 물론 긍정적 인물들도 죽음에 이르게 되는 『리어왕』은 운명의 비극성을 강렬하게 환기한다. 운명적 비극의 기반에는 우선 알지 못한다는 것의 비애가 손꼽힌다. 대부분이 운명은커녕 진실이나 사실을 분별하지 못하는 가운데 비극에 빠지기 때문이다.

리어는 진실하고 정직한 충신 켄트 백작을 추방한다. 그의 말에서 진실을 판별하지 못한 리어는, 추방 후에도 리어를 걱정해 변장한 채 시중을 드는 켄트의 존재를 분별하지 못한다.

"사실을 바로 알기 위해서는 지위와 재산을 버려도 괜찮다"며, 큰아들 에드거의 음모를 밝히려 했던 글로스터는 음모의 주역이 에드먼드임을 알지 못한다. 서자 콤플렉스에 시달리던 에드먼드가 형을 제거하기 위해 꾸민 타락한 위계라는 사실을 알지 못한다. 남을 알기도 어렵지만 나를 알기도 어려우니, 알지 못함의 비극은 심화된다. 배반과 광기의 폭풍 속에서 자기를 상실한 리어가 절규하지 않았던가. "내가 누구인지 말해줄 수 있는 자는 누구인가?"

세계와 자기의 진상을 헤아리지 못한 상태에서 죽음의 광풍이 소용돌이치는 가운데, 셰익스피어는 살아 있다는 것의 기적을 역설한다. 리어를 돕다가 왕의 둘째 사위 콘월에게 눈이 뽑히는 고통을 당하고, 에드먼드의 실상마저 알게 된 글로스터의 절망은 극에 달한다. 그는 "길이 없으니 눈이 없어도 돼."라며, 가난한 농부로 위장한 채 자기를 돌보는 아들 에드거에게 도버 해협 벼랑 위로 데려다 달라고 부탁한다. 아버지에게 추방돼 고생하면서도 진실한 삶에의 희망을 잃지 않던 에드거는 꾀를 내어 아버지를 자살에서 구한다. 자살마저 실패한 자신을 슬퍼하는 아버지에게 그는 말한다. "당신이 살아 있다는 것은 기적입니다."

리어나 글로스터가 알지 못했던 게 많지만, 그 으뜸은 살아 있다는 것의 기적 아니었을까. 많은 전쟁 서사나 암병동 이야기들에서, 오늘은 어제 죽은 이가 간절히 하루만 더 살게 해달라고 기도하던 시간이다. 그렇다면 글로스터처럼 어제 죽을 뻔했던 이에게 오늘은 기적의 시간에 값한다. 여전히 OECD 회원국 자살률 1위국의 오명에서 벗어나지 못한 나라, 노년층 자살률이 적지 않는 나라의 독자에게 『리어왕』이 전하는 메시지는 복합적이다. 안다는 것과 관련된 인식론의 화제, 삶의 기적성과 관련한 생철학적 화두 및 자살과 노년층 삶의 질과 관련한 복지정책의 문제 등 여러 국면에서 다채로운 문제의식을 던지기 때문이다. 태풍의 계절을 넘기면서 특히 살아 있다는 것의 기적에 대해 더 숙고하게 된다. 구차함, 치욕스러움, 희망 없음, 불안함, 권태로움, 부질없음, 배반감과 복수감 따위의 느낌들과 넉넉함, 명예로움, 희망적임, 편안함, 생동감, 의미 탐문, 은혜와 감사 같은 느낌들 사이에서, 살아 있다는 것의 기적을 추구하고 향유하는 감각이 무엇인지에 대해서는 더 말할 필요도 없겠다. (2017.8.28.)

Memory of Pain, Giuseppe Pellizza da Volpedo (Italian, 1889)

지도 없는 항해는 가능할까?

: 다니엘 디포, 「로빈슨 크루소」

    다니엘 디포의 『로빈슨 크루소』(1719)는 읽지 않았더라도 읽은 것 같은 소설이다. 3백여 년 세월 동안 중판, 번역, 번안, 축약 등으로 거의 7백 종 이상의 『로빈슨 크루소』가 발간되었고, 판토마임 오페라 영화 등으로도 각색되어 널리 알려졌기 때문이다. 이상하고도 놀랄만한 모험과 자기 절제와 규율, 규칙적 노동을 통한 생존과 도전의 이야기다.

    1632년 영국 중류층 가정에서 태어난 로빈슨 크루소는 부모의 만류를 뿌리치고 모험에 나선다. 그의 아버지는 중류층의 안정된 생활 속에서 누릴 수 있는 행복과 미덕을 강조하며 말렸지만, 그는 중류의 안정보다는 상류로의 도약을 위한 도전을 선택한다. 선원이 된 그는 무어인들에게 붙잡혀 노예 생활, 탈출, 브라질 농장 노동을 거쳐, 무역선을 탔다가 난파된 배에서 홀로 살아남아 무인고도에서 28년간 산다. 우연히 섬에 입항한 영국 배에 의해 기적적 구출된 그는, 항해와 표류, 무인도에서의 생활을 합쳐 35년만에 귀향한다. 후속편에서 로빈슨은 다시 항해를 떠나 중국과 시베리아까지 공간을 세계적으로 확대하면서 새로운 모험을 펼친다.

알퐁스 도데는 디포와 그의 주인공 로빈슨 크루소를 일컬어 "모험과 여행에의 재미, 바다에의 애정과 경건성, 그리고 상업적이며 실제적인 직관을 가진 탁월한 전형적 영국인"이라 했거니와, 많은 생각거리를 제공하는 이야기다. 먼저 로빈슨의 고독한 실존은 아리스토텔레스 이후 계속된 '인간은 사회적 동물'이라는 명제를 역설적으로 환기함과 동시에, 홀로 무인도에 던져진 로빈슨이 좌절하지 않고 살아남는 생명력에의 의지를 숙고케 한다. 극단적인 고난을 견디는 그의 지혜와 생활력, 그리고 무엇보다 고독을 견디는 성찰적 에너지가 매우 인상적이다. 아울러 당시 영국 중산층들의 상승 욕망과 도전에의 꿈도 눈길을 끈다. 로빈슨의 항해와 모험은 바로 거기서 출발하기 때문이다. 그는 안정된 행복을 버리고 불안정하고 불확실한 야망에 도전했던 인물이었다.

인공지능과 고도 디지털 매체를 통한 초연결, 초지능 사회, 곧 4차산업혁명시대에 대한 논의가 분분하다. 기존 일자리들은 속속 사라질 것이고, 새로운 세대들은 지금은 없는 일을 열어가며 새로운 스타일로 살아가는 시대가 올 것이라고 하는데, 과연 그 세계에서 어떻게 살 것인가에 대한 불안의 그늘이 짙게 드리워져 있다. 새로운 세계의 지도도 나침반도 없는 것 같은데, 어떻게 항해할 것인가. 이런 불안들이 로빈슨을 떠올리게 했다. 무엇보다 그는 나름대로 새로운 세계 지도를 만들어보고자 모험과 항해, 도전을 감행했던 인물이기 때문이다.

그렇다면 로빈슨의 새로운 도전은 어떻게 가능할까. 최근 미래 교육을 설계할 수 있는 새로운 교육 환경과 프로그램을 관찰할 기회가 있었다. 현재의 교육 환경과는 전혀 다른 풍경이었고, 그렇게 교육이 바뀐다면 새로운 도전을 할 수 있는 '로빈슨'들을 육성할 수 있지 않을까 생각했다. 도전과 창의성이 꽃피는 학교, 지식 습득보다는 평생 역량과 문제해결능력을 키우는 학교, 스스로 익히면서도 함께 소통하는 학교, 지역사회와 세계의 경험을 공유하는 학교, 그런 학교로 패러다임이 바뀐다면 가능하지 않을까 싶다. 물론 교육에 대한 발상 전환과 과감한 투자가 이어져야 하겠지만 말이다. (2017.9.8.)

젊은 영혼의 대장간에서 무엇을 벼릴 것인가?

: 제임스 조이스, 「젊은 예술가의 초상」

눈 내린 날 계단 길은 미끄럽다. 오르내리기 조심스럽다. 삶의 행로 또한 조심스러운 것 아닐까. 한 계단, 한 계단, 미끄러져 넘어질까 걱정하며 오르는 행로는 당연히 고단하겠지만, 어렵사리 다 오르고 나면 성취의 기쁨을 맛보게 된다. 인생의 성숙이나 성장의 풍경 또한 그렇다. 세계문학사를 빛낸 여러 성장소설들은 그런 계단 오르기와 닮아 있다. 20세기 모더니즘 문학의 거장인 제임스 조이스의 반자전적 성장소설『젊은 예술가의 초상』도 그렇다.

작가는 주인공 스티븐 디덜러스의 어린 시절부터 젊은 예술가로 성장해가기까지의 과정을 매우 역동적이면서도 사려 깊게 그린다. 그 모든 단계에서 주인공은 부모·가족·학교·친구·교회·조국 등 주위 환경과 대결하면서 자신의 고유한 영혼의 길을 열고, 예술 세계를 개척해 나간다. 소년기의 갈등과 방황의 이력, 기성 권위에 반항하는 어린 자아의 내면 풍경도 어지간하지만, 특히 인상적인 것은 그런 과정을 거쳐 자신의 비전을 발견해 나가는 모습이다. 스티븐은 성직자로서의 삶을 포기하고 새로운 삶을 구상하기 위해 홀로 바닷가를 거닐며 명상에 잠긴다. 그러던 중 예술가로서의 미래를 예감하는 예술적 비전을 체험하게 된다.

"신화적 공장工匠 디덜러스의 이름을 들으며 그는 희미한 파도 소리를 듣는 듯 했고 날개를 단 형체가 파도 너머로 날아올라가 서서히 하늘 높이 날아가는 것을 보는 듯 했다. 매처럼 생긴 사람이 바다 위로 태양을 향해 날아가고 있었다. 그것은 그가 성취하기 위해 태어났고 어린 시절과 소년기의 안개 속을 계속해서 따라다니던 바로 그 목적의 예시였다. 그것은 또한 그의 작업장에서 끈끈한 흙을 가지고 무형의, 새롭고 영원한 비상물을 만들어 새로운 길을 시도하는 예술가의 상징이었다."(『젊은 예술가의 초상』)

해변에서 물장난치는 한 소녀의 아름다운 이미지를 감각의 황홀경 속에서 재체험하는 순간, 그 야생의 천사가 태양을 향해 비상한 이카로스처럼 그에게 바다 건너 새로운 언어 예술을 향해 힘찬 날갯짓을 하라고 촉구한다. 신화적 현현을 보여주는 이 장면은 이 소설의 절정이다. 이렇게 예술가로서 비상의 운명을 현시받은 스티븐은 대학에서 예술혼을 도야한다. 예술적 자유를 추구하는 자신의 순수 영혼을 억압하는 가족과 종교 및 질곡에 빠져있는 아일랜드의 정치 사회 문화 상황을 거부하고 "내 영혼의 대장간에서 내 민족이 아직 창조하지 않은 양심의 칼을 벼리기" 위해 애쓴다. 신화적 교감 속에서 그리스 신화의 전설적 명장名匠 디덜러스에게 기도한다. "옛 장인이시여, 지금 그리고 영원히 내 곁에 서서 도와주옵소서."

수능시험이 끝나고 대학별 논술고사가 치러지던 날, 한 대학에서 시험을 마치고 나온 수험생이 간절히 기도하는 모습을 보았다. 그의 기도 내용은 물론 일차적으로 자신이 원하는 대학에 합격하는 것이었겠지만, 그의 깊은 영혼의 대장간에서 우러난 기도는 그보다 깊은 차원의 것이었으리라. 자신이 가장 잘할 수 있고, 하고 싶고, 또 이웃과 세계를 위해 해야 할 일, 비전을 탐문하고 추구하는 것, 그 과정에서 그 자신과 세계가 공진화를 경험하는 것…… 그런 것들 아니었을까. 아직 창조되지 않은 새로운 비전을 벼리는 젊은 영혼의 대장간에 은혜로운 현시의 풍경이 가득하길 빌어본다. (2017. 11. 25.)

인간은 타고난 수수께끼 해결사일까?

: 오르한 파묵, 「새로운 인생」

"어느 날 한 권의 책을 읽었다. 그리고 나의 인생은 송두리째 바뀌었다." 노벨문학상 수상작가 오르한 파묵의 『새로운 인생』은 이런 문장으로 시작한다. 이 소설의 주인공이 읽었던 책은 첫 장부터 너무나 강렬해서 매우 영향력 있는 자장을 형성한 채 자기를 이끌었다고 했다. 파묵의 시작 또한 그렇다. 책 한 권을 읽고 인생이 바뀌다니. 책을 읽으며, 책의 말과 책의 눈을 따라 새로운 여행을 하게 된다. 다시는 되돌아올 수 없을 것 같은 여행. 그런 예감과 함께 자기 앞에 펼쳐질 새로운 인생에 대한 기대와 흥분이 고조된다. 그러면서 존재하는 모든 것에 대한 관심도 깊어진다.

물론 새로운 인생을 찾아가는 도정은 결코 쉽지 않다. 죽음까지 동반할 수 있는 온갖 시련과 고통으로 점철되기 일쑤다.

그럼에도 그리로 향한 의지와 욕망이 그 어려움들을 견디게 한다. 새로운 인생의 결과보다는 그것을 향한 과정에 대한 발본적 성찰에 작가의 상상력이 집중된다. "새로운 욕망으로 흔들릴 때, 어느 때보다 많이 내가 존재한다"거나 "아무리 잘 익은 저 포도라도 결연한 의지와 단호함이 없으면 그 맛을 즐길 수 없다"는 생각에서, "그 누구의 것에 대한 모방도 아닌 진짜 인생의 본질에 도달하는 데 필요한 의식과 욕망"을 강조한다. 그렇다고 나의 욕망만 두드러진다면 세상은 "거대 음모"로부터 자유로울 수 없을 터이므로, 남을 위한 사랑의 덕목도 배려한다. "먼 곳의 세계를 이 세계로 가져오는 유일한 길은 사랑"이라며, 그것을 위해서 바라보는 시선의 중요성에 방점을 찍는다. "내게 웃어 줘. 그래서 내가 그 세계의 빛을 한 번이라도 네 얼굴에서 볼 수 있게끔. 눈 내리는 어느 겨울날, 손에 책가방을 들고 과자를 사기 위해 들어갔던 빵집의 따뜻함을 기억하게 해 줘."

철학자 니체도 대학 시절 쇼펜하우어의 『의지와 표상으로서의 세계』를 읽고 인생을 바꾸었다고 한다. 그 책을 읽으면서 자아를 발견했고, 고통스럽지만 새로운 인생을 열어나가는 창조의 환희를 경험했다. 그러면서 그는 늘 자신의 한계를 뛰어넘는 도전으로 새로운 인생을 열어나가고자 했다. 가령 끊임없이 자기 한계를 넘어 자신을 향상시키려는 '초인'적 노력, 현실적 굴레를 의식적으로 깨치고 나가 새롭게 태어날 것 등을 강조한

『차라투스트라는 이렇게 말했다』의 메시지처럼 살려 했다고 해도 과언이 아니다. 니체는 인간을 전진하도록 하는 유일한 원칙으로 고통을 들면서도, 그 고통을 넘어설 수 있는 능력 또한 인간이 지녔음을 강조한다.

"인간은 타고난 수수께끼 해결사"라는 말로 시작하는 에세이 「즐거움의 의미」에서 그는, 태어날 때부터 빼어난 개척자인 인간은, 미지의 것을 헤아리고 미래를 잘 헤쳐 나갈 능력이 있으므로, 모험 가득한 항해를 할 수 있다고 적는다. "비록 시계(視界)가 그다지 밝지 않지만 우리의 배는 또다시 항해를 시작해서 새로운 여러 가지 위험을 맞이할 모든 준비를 끝내두었다. 우리는 위대한 지식을 위해 모험이 가득한 여정을 시작했으며, 바다는 또다시 전에 없는 가슴을 우리에게 열어 보였다."

새해다. 새로운 인생을 위한 새로운 항해를 떠날 때다. 기대와 흥분 속에서 새롭게 출발하려 하지만, 앞이 잘 보이지 않는다는 막막함과 불안감도 동반하기 마련이다. 그럼에도 "인간은 타고난 수수께끼 해결사"라는 말을 떠올리면서, 희망처럼 새 출발을 하면 어떨까. 아울러 내 인생을 바꿀 수 있는 책 한 권쯤 만날 수 있기를 바란다. (2017. 12. 29.)

미친 상상으로 네잎 클로버를 구할 수 있을까?

: 세르반테스, 「돈키호테」

전쟁터에서 네잎 클로버를 발견한 나폴레옹이 허리를 굽혀 따려는 순간 총알이 머리 위로 지나갔다. 만약 그대로 서 있었 더라면 위험했을 아슬아슬한 순간이었다. 그 덕분에 목숨을 구 해 훗날 황제가 되었다는 사연과 더불어 네잎 클로버는 행운의 상징으로 부상했다. 네 잎이 각각 소망, 신앙, 행복, 사랑을 표 상하며, 꽃말은 '평화' 혹은 '너와 더불어'로 알려져 있다. 최근 이런 네잎 클로버의 행운 이미지를 파는 농부 이야기가 화제 다. 대중들이 즐겨 찾는 커피전문점에서 네잎 클로버를 토핑으 로 한 차를 시판하여 인기를 끈다는데, 그 많은 물량을 공급하 는 농부 얘기다. 20년째 화훼농사를 짓던 그는 발상을 전환하 여 행운 이미지를 새롭게 발굴하고자 한다. 자연적으로는 희귀 한 네잎 클로버를 대량 생산할 수 있다면 부가가치를 높일 수 있다는 생각이었다. 5년간 실험을 통해 종자 개량에 성공하여 음료 토핑용 식자재로 공급하는데 성공했다는 것이다. 그가 네 잎 클로버 대량 재배 프로젝트를 생각했을 때, 돈키호테 같은 미친 상상이라고 실소한 사람들도 있었을 것이다. 그럴 때 그는 어쩌면 "불가능한 것을 손에 넣으려면, 불가능한 것을 시도해야 한다."는 돈키호테의 말을 떠올렸을 지도 모른다.

스페인 작가 미구엘 데 세르반테스 사베드라가 17세기 초반에 발표한 『돈키호테』(원제는 『재기 넘치는 기사, 라 만차의 돈키호테』)는 당시에 유행했던 중세의 기사도 이야기들로부터 벗어나자는 의도에서 집필된 것이라 한다. 페리베 2세 시절 해가 지지 않는 대제국의 영광을 구현했던 스페인은 1588년 무적함대 사건 이후 급격하게 쇠약해졌다. 새롭게 영국이 부상했는데, 스페인 사람들은 여전히 예전의 광휘에서 벗어나지 못한 것처럼 보였다. 황당무계한 중세 기사도 이야기를 즐기면서, 왕년에 이랬지, 자위하는 모습이 안타까웠다. 현실을 직시하지 못하는 스페인에 대한 애정 어린 풍자가 이 소설에 들어 있다. 과거(중세)의 미몽에서 벗어나 합리적 이성의 기획을 새롭게 모색해야 한다는 근대의 역사철학적 성찰이 어지간하다. 구체적인 현실인식을 결여한 추상적 이상주의를 우려하고 경계한다. 그러니까 왕년의 이야기, 그 환각, 그 헛것으로부터 벗어나야 한다는 의도였던 셈이다. 여관을 성으로, 풍차를 거인으로 오인하고 광기 행동을 보이는 가짜 기사 돈키호테의 이야기는 그 자체로 헛것에 대한 반성을 유도한다는 것이다.

그러나 근대의 기획에 대한 새로운 반성의 맥락에서라면 돈키호테는 새롭게 해석 가능하다. 일찍이 러시아 작가 투르게네프가 돈키호테를 '신념의 상징'으로 호의적 해석을 한 적이 있거니와, 불가능한 것을 꿈꾸고 미친 상상을 한 창의적 존재로 돈키호테를 상정해 볼 수도 있겠다. 그는 세상을 있는 그대로 보는 사람이 미친 것인지, 미래에 이룰 수 있는 세상을 상상하는 자신이 미친 것인지 질문하며 끊임없이 미친 상상을 이어갔던 인물이다. "이룰 수 없는 꿈을 꾸고, 이루어질 수 없는 사랑을 하고, 이길 수 없는 적과 싸움하고, 견딜 수 없는 고통을 견디며, 잡을 수 없는 저 하늘의 별을 잡자."며 더 나은 세상을 꿈꾸었던 이상적 인물이었던 것이다. 미친 상상으로 새로운 네잎 클로버를 발견해가는 사람들이 많아지면 좋겠다. (2018. 1. 14.)

Poul Friis Nybo (Danish, 1869 - 1929)

나는 내 운명의 주인인가?

: 최인훈, 「화두」

　『광장』에서 『화두』에 이르기까지, 분단시대를 대표하는 작가
최인훈은 자기 운명의 주인이 되는 삶에 관심이 많았다. 이런
자기 운명에의 의지는 코기토 철학 시대의 상상적 의지에 값한
다. 자전적 요소가 많은 장편 『화두』에는 작가 조명희의 이야기
가 주요하게 등장한다. 조명희는 1930년대 소련의 당내 투쟁의
와중에서 반역자로 몰려 희생되었다. 인간다운 이성의 기획은
좌절되고, 비이성적인 먹이사슬의 농간에 의해, 그 곡절에 의해
희생된 조명희는 환상 속에서 주인공에게 이렇게 말한다. "자
기를 빼앗기면 이 도시처럼 이렇게 된다네." "너 자신의 주인이
되라." "빛이 있을 때 빛 속으로 걸어라."

　'화두'에서 레닌의 최후에 관한 이야기도 주목된다. '신의 죽
음'이라는 제하에, 레닌이 1922년 뇌일혈로 쓰러진 후부터 사망

하기까지의 마지막 나날을 기록한 기사는 주인공에게 충격적이었다. 비참한 언어장애 속에서 고작 '어머니', '간다' 등 몇 개의 단어만을 말할 뿐이었던 레닌과 『제국주의론』의 저자 레닌의 차이에서, 레닌구성체의 붕괴를 목도했기 때문이다. 이런 기록을 접하면서 주인공은, 레닌처럼 망실되기 전에, 조명희의 화두처럼 자기 자신의 주인일 수 있을 때 세계의 '옳은 맥락'을 찾아내서 기록해 둬야겠다고 결심한다. "나 자신의 주인일 수 있을 때 써둬야지. 아니 주인이 되기 위해 써야 한다. 기억의 밀림 속에 옳은 맥락을 찾아내어 그 맥락이 기억들 사이에 옳은 연대를 만들어내게 함으로써만 나는 나 자신의 주인이 될 수 있겠다. 그 맥락, 그것이 '나'다. 주인이 된 나다."

그러나 자기 운명의 주인으로 살기가 어디 그리 쉬운 일인가. 접속 시대의 소설가 김영하는 '자기 운명의 주인' 담론의 현실성에 회의적인 태도를 보인다. 그는 자기 운명의 주인으로 살지 못하는 소비 자본주의 사회의 일상을, 그 파편들을, 놀이 충동으로 서사화한다. 『빛의 제국』에서 그가 "생각한 대로 살지 않으면 사는 대로 생각하게 될 것"이라는 폴 발레리의 시구를 원용하면서, 사는 대로 생각하는 사람의 이야기, 혹은 그 존재론을 그리게 된 것은 그런 까닭이다. 이 소설의 주인공은 장기 남파 간첩이다. 북한에서 남한으로 이식된 그는 아내에게조차 자신의 정체를 숨겨야 할 정도로 분열된 존재 조건 속에서 산다. 모든 것은 거짓이고, 주위 사람들과는 다른 시간과 공간에 갇혀 산다. 이를 있으면서도 없고, 없으면서도 있는 유령의 존재론이라고 부르면 어떨까.

자기 운명의 주인으로 살지 못하고 유령처럼 살 때는, 불가피하게 또 다른 유령들 혹은 더 힘센 유령들의 억압으로부터 자유로울 수 없다. 그런 유령들에 억눌리고 휘둘릴 때 개인의 존재 가치는 폄훼되고, 상처는 깊어만 간다. 그러니까 각자가 자유로운 선택의 가능성이 보장된 상태에서 자기 맘과 몸의 주인으로 살 수 있는 구체적이고 실질적인 조건과 분위기가 존중되어야 한다. 정녕 자기 운명의 주인으로 살기를 실천하는 이는, 남도 그 운명의 주인이라는 가치를 지켜주는 사람이다. 남의 운명의 주인성을 빼앗으면, 내 운명의 주인성도 박탈될 수 있음을 명심하는 이다. 개인만 그런 게 아니다. 조직이나 민족, 국가 차원에서도 그렇다. 모든 영역과 심급에서 서로가 자기 운명의 주인으로 살 수 있도록 배려하고 지켜주는 분위기가 심화되길 바란다. (2018.3.9.)

편견의 우상으로부터 자유로울 수 있을까?

: A. G. 가드너, 「모자 철학」

"우물쭈물하다 내 이럴 줄 알았다."는 묘비명을 남긴 더블린 출신 극작가이자 소설가 조지 버나드 쇼는 작가로 입신하는 과정에서 고초를 많이 겪었다. 출판사에 수차 원고를 보냈지만 번번히 거절당했다. 그런 수모를 감당하면서도 그는 꿈을 잃지 않고 도전했다. 자기는 열 번 중 아홉은 실패하기에 꼭 열 번 이상 도전한다는 말까지 할 정도였다. 1925년 스웨덴 한림원은 "뛰어난 시적 아름다움에 스며있는 재기발랄한 풍자로 이상주의와 인도주의 사이에 위치한 그의 작품은 감동"에 값한다며 노벨문학상을 수여했다. 풍자에 능했던 그는 때로 독설가로 통하기도 했다. 이런 이야기가 있다. 그는 로댕의 작품을 무턱대고 싫어하는 사람들을 초대해 한 장의 데생을 보여주며, 최근 구한 로댕의 작품이라고 말했다. 그러자 손님들은 다투어 혹평을 쏟아냈다. 그 제멋대로인 평가들을 다 들은 다음 쇼는 비로소 말했다. 그건 로댕이 아니라 미켈란젤로의 작품이었다고.

네덜란드 출신 화가 빈센트 반 고흐도 내내 세상의 편견에 시달렸다. 강렬한 색채며 약동하듯 꿈틀대는 마티에르로 치열하게 그렸지만, 거의 인정받지 못했다. 사후 결과적으로 불멸의 화가가 되었지만, 생전에는 그런 예감조차 마련할 수 없을 정도로 드라마틱한 비극의 주인공이었다. 그는 우울증 등으로 고통스럽게 생을 견뎌야 했는데, 그 원인 중 하나가 바로 편견과 인습의 사슬이었다. 편견에 사로잡힌 사람이 지배권을 잡으면 그들은 자기들의 위치를 확보하고, 다른 사람들을 배척하려고 한다며, 자신도 그런 이들 때문에 실업 상태를 면치 못한다고 한탄한 적이 있다.

「모자 철학」에서 A. G. 가드너는 인간이 저만의 특유한 창구멍으로 세상을 보고 판단하는 경향이 있음을 지적한다. 모자집 주인은 모자를 통해, 치과의사는 치아를 통해, 실업가는 회계실의 열쇠를 통해 보고 판단하기 때문에 편견에 사로잡히기 쉽고, 그러면 진실을 발견하기 어렵다고 말한다. "우리들은 모두가 인생을 걸어가는 데 각자의 취미나 직업이나 편견으로 물든 안경을 쓰고 가는 것이고, 이웃사람들을 우리 자신의 자[尺]로 재고, 자기류의 산술에 의해서 그들을 계산한다. 우리는 주관적으로 보지 객관적으로 보지 않는다. 즉, 볼 수 있는 것을 보는 것이지, 실제로 있는 대로 보는 것은 아니다. 우리가 사실이라는 그 다채로운 것을 알아보려고 할 때에 수없이 실패를 하는 것은 결코 이상한 일이 아니다."

『사전꾼들』에서 앙드레 지드는 "편견은 문명을 떠받치는 기둥"이라고 말하기도 했지만, 볼테르의 지적처럼 어리석음의 으뜸 되는 것이 편견이다. 그럼에도 인간은 언제나 편견의 우상에서 자유롭지 못하다. 편견을 대문으로 쫓아내면 언제나 창문으로 되돌아 들어온다는 말도 있지 않은가. 학력보다는 능력을 중시하는 인재 채용을 위해 블라인드 전형을 한다는 말도 들리지만, 그런 분위기 속에서도 특정 학교 출신들에 가산점을 부여하여 문제가 되고 있다는 소식이 우리를 슬프게 한다. 경력직원을 채용한다고 하여 응시했는데, 어 고졸이네요, 라고 말했다는 면접관의 편견이 우리를 우울하게 한다. 학력, 출신 지역, 학연, 가문, 성별, 편(내편/네 편) 등 여러 면에서 편견 없이 진실이 가려질 수 있으면 좋겠다. 편견의 창에 덕지덕지 붙어 있는 얼룩들을 서둘러 지우자. (2018. 2. 9.)

호모 사피엔스, 그 얼마나 기기묘묘한가?

: 박경리, 「토지」

　박경리의 소설 『토지』는 그야말로 거대한 땅이다. 힘차게 솟아오른 큰 산이 있고 유장하게 흐르는 강이 있는가 하면, 격류가 있고 세월의 벼랑에 새겨진 역사의 족적이 있다. 민족의 운명과 한이 있고, 그것을 넘어서려는 생명의 벼리가 깃들어 있으며 웅숭깊은 휴머니즘이 있다. 그 큰 땅에는 당연히 등장인물도 많고 그만큼 사건도 많다. 겁탈당하고, 불륜행각으로 도망치고, 병들어 죽고, 총 맞아 죽고, 고문당하고, 싸우고, 의병을 일으키고, 독립운동을 하고, 쫓고, 쫓기고, 사랑하고, 결혼하고, 아이를 낳고 하는 등등 수많은 행위들이 겹겹이 중첩되면서 기기묘묘한 사건들을 연출해낸다.

　『토지』를 읽다보면 호모 사피엔스라는 인류가 하나의 종이 아니라 매우 다양한 종차를 보이는 인간으로 복잡하게 구성되어 있음을 절감하게 된다. 월선이처럼 가장 선한 인간에서, 조준구나 김두수처럼 가장 악한 인간까지 아주 다채로운 인물들이 등장하기 때문이다. 길상이처럼 노비의 신분에서 상전이었던 서희와 결혼해 몰락한 최씨 가문을 회복하는데 도움을 주고 독립운동에 동참하고 나중에는 관음탱화를 그리는 예술가로 역동적인 존재 전환을 하는 인물이 있는가 하면, 임이네처럼 시종일관 추악한 탐욕의 화신으로 나오는 인물도 있다. 작가 박경리는 최참판가를 중심으로 하여 주요 인물들의 성격도 잘 그렸지만, 방계의 부정적 인물을 형상화하는 데도 웅숭깊은 장기를 보였다.

가령 김평산은 매우 교활하고 사악한 인물로 최치수 살해를 귀녀와 공모했다가 처형당한다. 그러자 그 아내 함안댁은 자살하는데, 이런 가정의 아들 김두수는 동생 한복과 함께 평사리에서 쫓겨나다시피 도망쳐 유리걸식하며 성장한다. 그 과정에서 그는 매우 파괴적이고 간악한 인간형이 된다. 공노인의 수양딸 공송애를 겁탈하여 이용하는가 하면, 심금녀를 겁탈하고 고문하여 치사케 한다. 일제의 밀정과 순사부장으로서 반역적인 행위만을 일삼는다. 김두수는 이 소설에서 악한의 대명사이다. 난세의 인간성이 어디까지 훼손될 수 있는가, 하는 것을 단적으로 보여준다.

조준구는 최참판가의 재산을 부당하게 가로채 상당한 거부로 살아간 인물이다. 최서희로부터 받은 집 매매대금 5천원으로 고리대금업을 시작한 그는 10만원까지 재산을 불린다. 현재의 가치로 친다면 50억원이 넘는 거금이다. 그러나 그가 그리 행복하게 산 것 같지는 않다. 그는 비록 경제적으로 몰락하진 않았지만, 삼 년 넘게 앓다 죽은 그의 최후를 작가는 "눈을 부릅뜨고 죽은 조준구의 형상은 끔찍했"던 것으로 그린다.

이런저런 부정적 인물들이 출몰하지만 『토지』에 부모 자식 간의 송사는 등장하지 않는다. 그런데 최근 부모 자식간 법정 싸움이 증가세에 있다는 기사가 우리를 우울하게 한다. 부양료 소송만 하더라도 2008년 162건이었던 것이 지난해 270건으로 늘어났다는 것이다. 친정아버지에게 외손자의 대학 등록금을 내달라고 소송하고, 자식에게 부양료를 지급하라고 소송한다. 그만큼 어려워진 경제 사정 탓일까. 부자유친父子有親이라는 오륜의 덕목마저 시대착오적인 것으로 치부되는 시절이 도래한 것일까. '토지'에서 송관수는 이렇게 말한 적이 있다. "사람 살아가는 기이 참으로 기기묘묘하다. 검정과 흰빛으로 구뻘지을 수 없는 거이 인간사라." 사람 사는 것, 참 기기묘묘하다. 사람답게 사는 것은 참 어려운가 보다. (2017. 1. 28.)

손홍민 선수는 울보인가?

: 심노숭, 「눈물이란 무엇인가」

"눈물은 눈에 있는 것인가? 아니면 마음(심장)에 있는 것인 가?" 조선 후기 문사 심노숭沈魯崇의 산문 「눈물이란 무엇인가」[淚原]는 이런 질문으로 시작한다. 서른에 동갑내기 아내와 어린 딸을 잇달아 잃었던 그는 절절한 애도의 문장을 많이 남긴 문사여서, 그의 눈물론은 새삼 주목된다. 흐른다는 액체의 속성을 감안하여 그는 자연의 비와 사람의 눈물을 견주어 논의했다. 땅과 구름의 순환 속에서 비가 생기고 내리듯이, 눈물 또한 마음과 눈의 긴밀한 상호작용 속에서 생겨난다고 했다. 그러면서 마음의 '느꺼움'을 강조했다. 진실한 감정, 그 느꺼운 마음이 눈물의 진정성을 알게 한다는 얘기다.

그런가 하면 『홍길동전』을 쓴 허균의 조카 '친親'은 그의 서실 편액을 '통곡헌慟哭軒'이라 하였다. 사람들이 싫어하는 이름을 걸어둔 것에 대해 비웃는 이가 많았다. 그러자 친이 나서서 해명했다. 스스로 시류時流를 거스르는 사람이기에, 사람들이 가장 싫어하는 통곡을 편액으로 삼았다는 것이다. 사람들은 부귀영화로 기쁨을 누리고자 하지만 자신은 몸을 더럽히지 않기 위해 슬픔을 통해 세상의 진실을 역설적으로 체감한다고 말한다. 이에 허균은 '통곡헌기慟哭軒記'에서 중국의 고사를 언급하며 통곡의 도道를 논한다.

한나라 때 문재文才를 날려 등용됐지만 시정의 폐단을 혁파하고 제도를 개선하려다가 울분을 참지 못하고 죽은 가태부賈太傅의 통곡에는 마음대로 할 수 없음의 슬픔이 절절하다. 전국시대 묵가학파의 시조로 겸애설兼愛說을 주장했던 묵적墨翟의 고사는 인간 본바탕을 상실한 것에 대한 한없는 안타까움을 생각하게 한다. 갈림길에서 선택의 결과를 예단하기 어려워 울었다는 양주楊朱를 떠올리며 결정의 진통을 고뇌한다. 진晉나라 때 죽림칠현竹林七賢의 한 사람이었던 완적阮籍의 고사가 웅변하는 막혀버린 막다른 길에서의 비통 또한 어지간하다. 수차 과거에 낙방해 슬픔과 실의에 빠진 당나라 시인 당구唐衢의 통곡이 시사하는 운명의 불우함에 대한 비애 역시 한갓 과거사로 치부할 일이 아니다. 그러니 통곡과 눈물의 도를 깊이 있게 성찰해야 한다는 것이다. 특히 통곡할만한 당대 정황에 대한 비판적 인식을 보면 허균이 왜 『홍길동전』을 써야만 했던가를 짐작할 수 있게 한다.

"지금의 시대는 (앞선)여러 사람의 시대에 비해서 더욱 말세末世지요, 나랏일은 날로 그릇되고, 선비들의 행실도 날로 야박해져 벗을 사귐에도 배치(背馳: 서로 반대되어 어긋남)되는 것이 길이 갈리는 것보다 더 심하며, 어진 선비가 곤액(困厄: 딱하고 어려운 사정과 재앙)을 당하는 것도 길이 막힌 것뿐이 아니어서, 모두 인간 세상 밖으로 달아날 생각을 하고 있습니다."

러시아 월드컵이 진행되는 동안 손흥민 선수의 눈물이 줄곧 화제가 되었다. 멕시코에 졌을 때도 울었고, 독일에 2:0으로 이겼을 때도 울었다. 원래 눈물이 많은 울보라는 말도 있었지만, 그의 눈물은 많은 것을 생각하게 한다. 누구에게나 있을 것이다. 가태부의 고사처럼 뜻대로 되지 않았을 때, 곤혹과 비애가 없을 수 없다. 온 국민이 기대하는 16강 진출의 실패, 그 막혀버린 길에서 어찌 남다른 비애에 젖지 않을 수 있겠는가. 그러나 그 젊은 선수를 그토록 울게 한 심층의 원인들을 우리는 더 진중하게 숙고해야 하지 않을까. 객관적인 여건과 시스템은 16강에 훨씬 못 미치는데 오로지 정신력에 의지해 승리를 강압적으로 주문하는 구태의연함에 대해서, 스포츠맨십에 입각해 즐길 수 있는 축구보다 이기는 축구를 요구하는 대중적 사디즘에 대해서, 실패하고 패배한 자에게 진심으로 위로하고 새롭게 도전하도록 격려하는 데 여전히 가난하기만 한 마음에 대해서, 그리고 그라운드에서 직접 땀 흘려 뛰는 선수보다 객석에서 비난만 일삼으며 생산적이고 발전적인 기획들에 찬물을 끼얹는 이들이 너무나 많은 도처의 비생산적 분위기에 대해 반성하면서 느꺼운 눈물을 함께 흘려야 하리라. 어찌 함부로 최선을 다한 선수들에게 계란을 던질 수 있겠는가. (2018.6.30.)

Niels Holsøe -Interior with a reading woman, 1907 (Danish artist, 1865-1928)

진정한 사모곡(思母曲)은 가능할까?

: 이청준, 「축제」

    엄마, 어머니…… 생각만 해도 가슴 저미게 하는 말이다. 입에 되뇌면 더욱 가슴 시리게 하는 말이다. 나날의 신산 고난을 도맡아 감당하시느라 당신의 모든 것을 남김없이 소진시키면서 한 삶을 마감하시는 어머니. 자신의 몸을 빌어 난 털들(자식들)이 유장하게 창천을 비상하기를 소망하시느라, 거기에 모든 힘을 나눠주시느라, 당신은 아무 것도 남은 것이 없는 빈 껍질이기를 자처하시는 어머니. 동서고금을 막론하고 애절한 사모곡들이 계속되는 것도 그 때문이었겠지만, 그럼에도 불구하고 여전히 어머니를 제대로 감당할만한 사모곡은 불가능한 것으로 보인다.

    이청준의 『축제』는 작가의 어머니께 바치는 헌가이자 20세기 어머니에게 헌정한 사모곡의 성격을 지닌 소설이다. 20세기

초에 태어나 식민지와 전쟁과 남편과의 사별, 보릿고개 등을 고난 속에서 겪으면서도 자식에게 가진 것을 다 쏟아 주려 했지만, 줄 게 결코 많지 않아 늘 부끄러운 정조를 내면화해야 했던 어머니. 그런 어머니의 장례식 과정을 다루면서 불가능한 사모곡의 가능성을 매우 곡진하게 탐문했다. 생의 끝자락에 선 노모에 바치는 자식의 지극한 사모곡의 한 대목을 보자. "그 기나긴 지난 세월 노인은 당신의 모든 것을 자식과 이웃들에게 다 쏟아 주시고 이제는 빈 육신과 순백의 영혼만이 새털처럼 가벼워져 버리신 때문이다. 생각해 보면 당신은 참으로 내게 보이지 않게 주신 것이 많다."(『축제』)

이미 이 메시지로 작가는 『할미꽃은 봄을 세는 술래란다』라는 동화 한 편을 썩 아름답고 구성지게 만든 바 있다. 초등학교 4학년인 딸아이에게 할머니에 대한 마음가짐을 가르치려고 지었다는 이 동화에서 가장 인상적인 대목은 할머니께서 자손들에게 몸과 마음을 사랑으로 나눠주기 때문에 점점 몸집이 작아지게 된다는 말이다. "할머니께서 은지에게 나이를 다 나눠 주시고 더 나눠 주실 나이나 지혜가 떨어지고 나면 할머니는 갓난쟁이처럼 몸집이 조그맣게 되셔서 이 세상에서 모습을 거두어 우리 곁을 떠나가게 되신단다……" 소설 『축제』에서도 작가는 이 동화의 메시지를 되새기며 사랑으로 육체와 지혜를 나눠주시는 대목을 거듭 환기한다. 자손들을 향한 내리사랑의 요체가 바로 사랑임을 강조한다. 소설『축제』에서 어머니는 자식에게 늘 줄 게 많지 않아 부끄러워하고, 자식은 어머니에게 늘 부채 의식을 느낀다. 부족함에 대한 미안함과 많이 받았지만 제대로 돌려드리지 못한 부채 의식 사이의 교감이 부모 자식 관계의 보편적 철리를 숙고하게 한다.

가정의 달임에도 존속상해 심지어 존속살해 사건이 계속된다는 뉴스를 접하면서, 생각거리가 많아진다. 예로부터 자식에 대한 사랑이나 부모에 대한 효도는 비단 좁은 맥락의 가족 윤리를 넘어서 보편적 일반 윤리로 심화될 수 있는 것으로 이해되었다. 일찍이『효경』에서 이르지 않았던가. "어버이를 사랑하는 사람은 남을 미워하지 않고, 어버이를 존경하는 사람은 오만하지 않다." 마침 어버이 날이다. 고대 중국 시인 한영韓嬰의 시구가 떠오른다. "나무가 고요하고자 하나 바람이 그치지 않고, 자식이 효도하고자 하나 어버이는 기다리지 않는다."(『한시외전韓詩外傳』). 지극히 평범해 보이는 구절이었는데, 막상 경험해 보니 그토록 절실할 수가 없다. 부채를 상환할 길이 없다. 영원한 부채! 그것 때문에라도 진정한 사모곡에 이르지 못할 것 같다. (2018. 5. 8.)

나의 스토리텔링 지수는?:

이청준, 「인문주의자 무소작씨의 종생기」

    옛날에 아주 딱한 할머니가 있었다. 결혼은 했지만 아이를 낳지 못한 데다 남편마저 일찍 세상을 떠난 탓에 홀로 쓸쓸하고 가난하게 살아야 했다. 처지를 한탄하던 할머니는 하느님께 빌었다. 보람 있게 살 수 있는 길을 일러 달라는 할머니의 간절한 소망에 하느님은 응답했다. "그래라. 너는 그럼 아이를 낳지 못한 대신 온 세상을 돌아다니며 아름다운 꽃씨를 뿌리고 다니거라. 그래서 세상을 온통 아름답고 즐거운 꽃낙원으로 꾸미도록 하여라." 그때부터 할머니는 하느님이 전해주신 꽃씨주머니를 지니고 온누리를 돌아다니면서 헐벗은 산이나 들녘, 가난한 사람들의 집을 찾아 꽃씨들을 고루 뿌려 주었다.

    이청준의 소설 『인문주의자 무소작씨의 종생기』에 나오는 우화다. 아이들이 세상의 꽃들은 다 누가 피게 하는 건가요, 라고 호기심 어린 질문을 하면 어른들은 그런 꽃씨 할머니 얘기를 들려 주었다. 이런 이야기를 들으며 자라난 주인공 무소작 씨는 호기심 많은 세상을 두루 떠돌다가 귀향한다. 먼 길을 돌아 고향에 온 그는 그 동안 보고 들은 경험에 상상을 보태 많은 이야기들을 주고받는다. 이야기꾼이 된 것이다. 이야기는 어떻게 탄생하며 그 효과는 무엇인가와 관련해 여러 생각을 하게 하는 소설이다.

그중 밤 산길 독행자獨行者 삽화에 생각이 오래 머문다. 오랜만에 홀로 가는 고향 길이 주인공에게 무척 낯설다. 게다가 눈발마저 분분한 밤 산길이다 보니 불안기는 더 심해진다. 반대쪽에서 걸어온 한 사내와 마주치자, 길 사정을 묻는다. 그는 산길이 꽤 멀긴 하지만, 조금 전에 앞서 간 사람을 보았으니 서두르면 길동무를 삼을 수 있을 것이라 말한다. 그 말을 믿고 부지런히 걸음을 서둘렀지만 먼저 갔다는 사람을 만나지 못한다. 그럼에도 춥고 적막한 산길을 가는 동안 크게 위안이 되었음을 깨닫는다. 만약 사내가 선행자의 행로를 일러주지 않았더라면 자신의 불안기는 자심해졌을 것이고, 끝까지 걸을 수 있는 용기를 내지 못했을 수도 있기 때문이다. 이렇듯 현실에서 고단한 사람들, 지치고 상처받은 영혼들에게 전하는 위로의 말, 그것이 이야기의 가치요 효과라고 생각했던 작가가 이청준이다.

그런 위로의 말들이 엮인 이야기라면 안과 밖이 따로 없다.

작가는 "산에서 보면 물이 바깥이고 물에서 보면 산이 바깥이 되겠지만, 그래서 결국엔 둘이 서로 하나로 넓게 어울려야 하는 같은 삶마당"이라고 서술한다. 그토록 소망스런 삶의 마당에서라면 이야기가 꽃이 되고 꽃이 다시 이야기가 될 수 있을 것이라고 상상한다. "길을 더 멀리 떠나간 고을들에선 그 세상 이야기가 모두 진달래며 봉숭아며 해바라기 국화 같은 갖가지 고운 꽃의 전설로 변해갔고, 노인이 그 꽃의 전설을 전해주고 간 곳에선 그 전설들이 제각기 꽃씨로 변하여 해가 바뀌고 나면 이곳저곳 그 꽃들이 피어나는 이야기가 되었다."

이른바 댓글 실명제 관련 여론조사 결과를 보면서 떠올린 소설이다. 댓글과 관련해 개인적으로 상처받거나 정치적으로 이용당하는 등 여러 폐단들, 때로는 죽음으로까지 몰고 가는 댓글의 살풍경들은 뉴미디어 시대의 저주처럼 느껴지기도 한다. 그렇다고 서둘러 실망하여 표현의 자유를 제약하는 규제만을 생각할 일도 아니다. 오히려 꽃씨 할머니를 떠올리며, 댓글의 스토리텔링의 진화를 소망하는 게 좋지 않을까. 이야기를 상상하고 꾸미는 과정을 통해 인류가 진화해 왔다는 것을 우리는 잘 안다. 스토리텔링 유전자를 잘 살려 진실한 경험을 나누고, 진실하지 않은 사태를 설득력 있게 비판할 수 있는 지혜를 발휘한다면, 세상의 많은 댓글들이 새로운 꽃씨로 변하여 이곳저곳에서 새로운 꽃들을 피워내는, 마치 이야기 축제와도 같은 삶마

당이 될 수도 있지 않을까. 꽃씨 할머니가 있는 한 이야기의 바
깥은 없다. 문제는 스토리텔링이다. (2018.1.28.)

어떻게 마지막 열매들을 익게 할 것인가?

: 라이너 마리아 릴케, 「가을날」

긴 연휴를 보내고 나니 가을이 성큼 무르익었다. 기후 변화로 인해 예전과 달리 가을이 무척 짧아졌다. 그러다보니 넉넉한 가을 풍경을 완상할 시간이 많지 않다. 예로부터 시인들은 가을이 오면 예찬하거나 성찰하는 시편들로 영혼의 성숙을 모색했다. 고트프리트 벤이 "나비와 꽃들이/ 가을 통로에/ 그렇듯 깊은 무늬를 새긴다"(「9월」)고 적었을 때, 우리는 그 깊은 무늬가 풍경의 무늬이자, 내면 정경의 무늬임을 감각하게 된다.

「가을에」에서 버지니아 울프는 우선 소망스럽고 넉넉한 가을 풍경을 낭만적으로 형상화한다. "다시 가을은 찾아와서/ 태양은 그 빛과 힘을 더하고/ 맑고 충실한 대지는/ 온통 풍요롭게 완성된다./ 젖과 꿀 같은 것 꿈과 같은 것이며/ 온갖 빛깔 고운 열매들이/ 모두 결실하여 차례로 가루가 되고/ 풍요 속에 빛나면서 큰 그릇마다 넘친다." 그러면서도 그 풍경의 심연에서 가을의 "위대한 의미까지 명상"하고 또 "가난한 집의 이야기"를 성찰하는 것을 외면하지 않는다. 울프가 담으려 했던 가난한 집의 이야기는 어쩌면 "가을의 울부짖음"이기도 했으리라.

알렉산드로 블로크는 '가을 오후'에서 "추수가 끝난 논의 그루터기를 따라" 걸으며 "헐벗은 나의 나라"를 응시하며 그 울부짖음을 듣는다. "낮고 헐벗은 마을들은/ 셀 수도 없고, 눈으로 헤아릴 수도 없다." 헐벗은 나라의 울부짖음은 어디서 오는가. "꽃과 열매와 낙엽이 그렇듯이/여름이 끝나자 노래하던 새들 떠나가고/텅 빈 둥지만 남"(롱펠로, 「초가을 달」)은 공간에서라면 바이올린 화음마저 울부짖음에 가까울 수 있다. 그래서 폴 베를렌은 노래한다. "가을날/ 바이올린의/ 긴 흐느낌,/ 단조로운 우수에/ 내 마음/ 아파오네."(「가을의 노래」)

바람이 불고 낙엽이 지면 우수에 젖어 상실감에 빠지기도 한다. 낙엽만 지는 게 아니다. 사랑의 정열도 시들 수 있다. 예이츠는 사랑마저 메마르는 계절의 비애를 점묘한다. "사랑이 시드는 계절이 닥쳐와/ 지금 우리의 슬픈 영혼은 지치고 피곤하다./ 우리 헤어지자, 정열의 계절이 다 가기 전에/ 그대 수그린 이마에 키스와 눈물을 남기고"(「낙엽」) 반면 한용운은 "푸른 산빛을 깨치고 단풍나무 숲을 향하여 난 작은 길을 걸어서 차마 떨치고"(「님의 침묵」) 님은 떠났지만, 여전히 사랑의 노래를 부르겠다는 시적 의지를 환기한다. 윤동주는 "잎새에 이는 바람에 도"(『서시』) 괴로워하며 부끄러움 없이 살겠다고 성찰했다.

　나태주는 가을에 타인을 위한 고즈넉한 기도의 정서를 전한다. "어딘가 내가 모르는 곳에/ 보이지 않는 꽃처럼 웃고 있는/ 너 한 사람으로 하여 세상은/ 다시 한 번 눈부신 아침이 되고" 있음을 환기하면서 멀리서나마 빈다. "가을이다, 부디 아프지 마라"(『멀리서 빈다』). 그리고 라이너 마리아 릴케가 있다. "주여, 때가 되었습니다. 여름은 참으로 위대했습니다./ 해시계 위에 당신의 그림자를 얹으시고/ 들판에 바람을 놓아주십시오.// 마지막 열매들을 익게 하시고/ 이틀만 더 남국의 햇볕을 주십시오./그들을 재촉하여 원숙케 하시고/ 마지막 남은 단맛이 포도송이에 스미게 하소서."(『가을날』). 더운 여름을 견디며 열매 맺으려 했던 우리의 결실은 무엇이었을까, 어느 정도 원숙했을까, 내 열매에 단맛을 더하기 위해 이 가을에 무엇을 어떻게 해야할까, 그런저런 생각들이 많은 때다. (2017. 10. 15.)

명사형 사고에서 동사형 사고로
전환할 수 있을까?

: 에리히 프롬, 「소유냐 존재냐」

　　남다르게 살고 싶다, 특별한 나만의 충만한 스토리를 연출하고 싶다, 그런 생각을 누구나 할 것이다. 그럼에도 그러기가 쉽지 않다. 살다보면 그만그만한 도토리 같은 삶의 형상에 때때로 실망하기도 한다. 어디부터 잘못되었을까. 에리히 프롬은 삶의 양식에서 그 문제의 원인을 탐문한 사회 심리학자다. 산업사회의 문제를 점검하면서 새로운 인간의 가능성을 성찰한 『소유냐 존재냐』에서 그는 소유 양식과 존재 양식을 대조적으로 설명한 바 있다. 결론은 명료하다. 권력이나 재산, 지위 등을 갖는 것을 추구하는 소유 양식이 인간의 소외를 가중하고 존재론적 정체성을 훼손할 수 있으니, 소유를 지향하는 삶의 의식을 반성하고 존재 그 자체를 중시하는 삶의 태도로 전환해야 한다는 것이다. 그래야 존재의 능동성을 살리고 나날이 기쁘게 살아갈 수 있다는 얘기다.

존재 양식은 오로지 지금, 여기에만 있다. 반면 소유 양식은 과거에 집착하거나 미래에 이끌리면서 현재를 끊임없이 유보하는 경향을 보인다. 왕년에 이런 사람이었어, 몇 년 후면 달라질 거야, 그런 생각에 붙잡히면, 삶의 희열로부터 멀어진다. 대신 지금, 여기의 삶을 자유롭게 만끽하며 완전하게 존재하려는 상상력을 계발할 때 존재값은 고양된다. 이런 논의 과정에서 프롬이 언어생활의 변화를 주목한 대목에 새삼 눈길이 간다. 근대 이후 명사의 사용이 대폭 늘어나고, 동사의 사용이 줄어들었다는 부분이다. 그는 '갖는다(to have)'는 동사의 목적어가 되는 명사들을 주목하며, 그 목적어들에 이끌리면 주체의 존재 상태(to be)가 잠식될 수 있음을 경계한다.

「나는 괴로워하고 '있다'」 대신에 「나는 문제를 '가지고' 있다」고 말함으로써 주관적 경험은 배제된다. 경험하는 '나'가 소유의 '그것'으로 대치된다. 나는 내 느낌을 내가 소유한 무엇으로, 즉 문제로 변모시킨 것이다. 그러나 '문제'는 온갖 종류의 곤란에 대한 추상적 표현이다. 나는 문제를 '가질' 수 없다. 그것은 소유할 수 있는 물건이 아니기 때문이다. 그러나 그것이 나를 가질 수는 있다. 바꿔 말하면, 나는 '나 자신'을 '문제'로 변모시킨 것이다. 그래서 이제 나의 창조물에 의해 소유당한다. 이런 어법은 감춰진 무의식적 소외를 드러낸다."

프롬에 따르면 사랑도 그렇다. 삶의 중요한 가치인 사랑은 소유할 수 있는 물건이 아니라 과정이고, 사랑의 주체가 되는 내적 행동이다. 사랑에 '가지고' 있는 것은 없다. 그저 사랑하거나 사랑에 빠지지 않고, 사랑마저 소유하려 할 때 갈등이 생기고 싸움으로 비화된다. 그는 이렇게 쓴다. "실제로 가지고 있는 것이 적으면 적을수록 더욱 많이 사랑할 수 있다."

평소 문장 지도를 하면서 영어식 have 동사 구문을 무분별하게 사용하는 것을 지적한 바 있지만, 프롬처럼 그 무의식까지 헤아리지는 못했었다. 목적어 계열을 명사보다 주어의 상태에 집중하고 성찰하는 동사나 형용사, 부사가 넉넉해지면 그만큼 삶의 양식도 넓게 깊어질 수 있으리라. 언어가 곧 존재 아니던가. 그런데 나를 포함해 많은 이들이 여전히 동사보다는 명사를 더 많이 쓰는 것 같다. 성찰해 볼 일이다. (2017.9.23.)

바보들의 항해는 계속될까?

: 제바스티안 브란트 엮음, 「바보배」

숲속의 제왕인 늙은 사자가 동굴에 앓아 누었다는 소문이 퍼졌다. 숲속 동물들이 문병하러 동굴로 들어갔다. 하지만 한번 들어간 동물들은 제 발로 나올 수 없었다. 사자에게 잡아먹혔기 때문이다. 꾀병으로 앓아서 먹이를 취한 사자에게 속수무책으로 당하고만 것이다. 그런데 여우만은 달랐다. 여우는 동굴로 들어가지 않았고 살아남았다. 『이솝우화』에 전하는 이 대목을 중세 시절 유럽 최고의 베스트셀러 중 하나였던 『바보배』는 이렇게 표현한다. "여우는 동굴에 들어간 동물들이 다시 나오지 않는 것을 보고는/ 앗 뜨거라, 그 동굴에 안 들어갔다네." 그러면서 바보를 타산지석으로 삼아야 함을 강조한다. 바보의 실수를 되풀이하는 바보가 되어서는 안 된다고 경고한다. "앞에서 바보가 호되게 넘어지는 꼴을 보고도 뒤에서 조심하지 않는 사람은 바보수염을 잡게 된다네."

법학자이자 인문학자였던 제바스티안 브란트가 1494년 펴낸 『바보배』는 중세 시절 세상의 모든 바보들을 한 배에 태워 그들의 행태와 상황을 예리하게 비판하고 조롱한 풍자시편들이다. 페스트가 휩쓸고 지나갔고 십자군 전쟁으로 피폐했던 상황에서 저자는 다채로운 바보의 풍경들을 연출한다. 탐욕을 가진 바보, 이간질하는 바보, 바른 조언을 안 듣는 바보, 예의를 모르는 바보, 경거망동하는 바보, 육욕에 빠진 바보, 계획을 세울 줄 모르는 바보, 부질없는 재물을 숭상하는 바보, 과식하고 식탐을 부리는 바보, 행운을 맹신하는 바보, 근심이 짓눌린 바보, 저 혼자 옳다는 바보, 미루기 좋아하는 바보, 뻔한 음모를 꾸미는 바보, 쾌락에 빠지는 바보, 돈을 보고 구혼하는 바보, 질투와 증오에서 헤어나지 못하는 바보, 권력의 종말을 모르는 바보, 고마움을 모르는 바보, 어려운 때를 준비하지 않는 바보……

이런저런 바보들은 어쩌면 동서고금을 막론하고 보편적인 것처럼 보이기도 한다. 브란트의 『바보배』의 객실에는 이런 바보도 있다. "좋은 말씀 듣고도/ 지혜가 늘어나지 않는 사람", "오만 가지 경험을 쌓으려고 아등바등하지만/ 나아지는 게 전혀 없는 사람", "여러 나라를 두루 여행하고도/ 바른 행실과 이성을 깨치지 못한 사람", "멍청한 암소가 이리저리 돌아다닌 것"

과 다르지 않은 이들은 변할 줄 모르는 바보다. 그들에게 저자는 일침을 가한다. "길 떠난 나그네가 지혜를 얻지 못한다면/여행의 명예는 빛을 잃으리./ 모세가 이집트에서 학문을 배우지 못하고/ 다니엘이 멀리 갈데아에서 바른 깨달음을 얻지 못했다면/ 누가 그들의 업적을 칭송했겠나?" 또 고집불통 바보를 향한 브란트의 경고도 어지간하다. "가시에 긁혀서 생채기가 난다네./ 남의 도움은 필요 없다면서/ 혼자만 약았다면서/ 매사에 저 홀로 척척박사인 사람은./그런 사람은 평지에서도 길을 헤매다가/ 길 없는 오솔길에 들어서 길을 잃고/ 집에 돌아오는 길을 찾지 못하네." 바보들의 목록은 하염없이 더 열거될 수 있다. 브란트의 바보 목록에서 주목되는 것 중의 하나는 바보들의 닫힌계系다. 자기 몸과 마음을 타인과 세상을 향해 열어 두고 소통하고 환류하는 열린계系와는 거리가 먼 환경에 바보들은 스스로 감금하는 경향이 있는 것 같다. 그런 바보들은 길을 떠나 새로운 풍경을 접하더라도 그 풍경을 제대로 헤아리지 못한다. 그뿐인가. 풍경과 역동적으로 연계한 자기에 대한 재발견 작업도 수행될 리 만무하다. 그러니 길을 잃을 수밖에 없지 않겠는가. 길을 잃은 바보는 세계로 나아갈 수도, 집으로 돌아갈 수도 없다. 길은 여러 갈래이지만 그들에게 열린 길은 제대로 마련되기 어렵다.

『이솝우화』의 여우 이야기처럼 바보를 반면교사로 삼아 지혜로운 삶의 가능성을 브란트는 궁리했다. 루터의 종교개혁과 에라스뮈스의 『우신예찬』에도 영향을 미친 것으로 얘기되는 『바보배』는 세상의 모든 바보들을 통해서 바보 같은 삶을 넘어설 수 있기를 소망한 예지의 시편들이다. 놀라운 것은 브란트가 500여 년 전 거론하고 경계했던 바보들이 여전히 현재진행형으로 문제적이라는 사실이다. 바보들의 행진, 바보들의 항해는 언제까지 계속될 것인가? (2017.8.13.)

행복 창조의 비밀은 무엇일까?

: 아리스토텔레스, 『니코마코스 윤리학』

　당신은 행복한가? 행복한 사람들은 무엇이 다른가? 행복 창조의 비밀은 무엇인가? 행복도 진화의 산물인가? 이런저런 질문들로 작금의 행복 담론들은 넘쳐난다. 행복하기 위해 사는 게 인간이라는 말에 동의하지 않는 사람은 별로 없겠지만, 실제 행복에로 이르는 길은 결코 쉽지 않아 보이기도 한다. 아리스토텔레스도 행복을 인간 행위의 최상의 목적으로 삼았던 고대 그리스 철학자다. 요즘도 두루 원용되는 『니코마코스 윤리학』의 출발점이자 핵심 탐문도 바로 행복이었다. 과연 어떤 삶이 좋은 삶, 곧 행복한 삶인가?

　아리스토텔레스는 행복을 "탁월성에 따른 영혼의 어떤 활동"으로 규정한다. 인간으로 하여금 최고선인 행복에로 이르기 하는 탁월성에는 두 종류가 있다. 지적 탁월성과 성격적 탁월성이 그것이다. 경험과 시간을 통해 배워서 성취하는 게 지적 탁월성이다. 반면 습관의 결과로 형성되는 게 성격적 탁월성이다. 널리 알려진 것처럼, 아리스토텔레스는 중용의 윤리를 중시했다. 가령 대담함이 지나쳐 무모하거나, 모자라 비겁한 상태가 아닌 '용기', 즐거움과 고통이 지나친 무절제나 모자라는 목석같은 상태가 아닌 '절제', 노여움이 지나친 성마름이나 모자라는 화를 낼 줄 모름의 상태가 아닌 '온화'…… 이런 중용의 윤리들이 성격적 탁월성의 덕목들이다. 이때 합리적 선택의 문제나 습관의 중요성을 그는 논변한다.

왜 습관이 중요한가. 성격적 탁월성이 본성적인 것이 아닐 뿐만 아니라 습관의 차이에 따라 그 결과가 현저하게 달라지기 때문이다. 본성적인 게 아니기에 계속 실행하고 발휘할 때 성격적 탁월성은 축적되고 획득된다. 예컨대 건축가가 집을 거듭 지어 보는 과정을 통해서 건축가로서의 탁월성을 얻어가듯이, 정의로운 행위를 반복하면 정의라는 탁월한 품성 상태에 이르게 된다는 얘기다. 마찬가지로 절제 있는 일들을 수행하면서 절제 있는 사람이 되고, 용감한 일을 반복하면서 용기의 탁월성을 획득한다는 것이다. 이 책을 늦둥이 아들 니코마코스에게 헌정하기 위해 썼다는 설도 전해지거니와, 아리스토텔레스는 이 성격적 탁월성을 위해 습관의 중요성을 앞세웠다.

"그런 까닭에 우리는 우리의 활동들이 어떤 성질의 것이 되도록 해야 한다. 이 활동들의 차이에 따라 품성상태들의 차이가 귀결되기 때문이다. 따라서 어린 시절부터 죽 이렇게 습관을 들였는지, 혹은 저렇게 습관을 들였는지는 결코 사소한 차이를 만드는 것이 아니다. 그것은 대단히 큰 차이, 아니 모든 차이를 만드는 것이다."(『니코마코스 윤리학』제2권)

검찰과 사회 정의 문제를 다룬 드라마가 며칠 전 종영되었다. 탄탄한 플롯의 탁월성을 보인 그 드라마의 조연 검사 중 한 사람은 시종 진실이나 정의와는 거리가 먼 행위를 보였다. 자기 잘못이 드러나 위기에 처하자 후배 검사에게 한 번만 기회를 달라고, 바뀔 거라도 사정한다. 시종 진실한 원칙을 강조하던 주인공은 마지못해 그에게 기회를 주지만, 끝내 바뀌지 않는 것으로 귀결되었다. 좋지 않은 습관으로 단죄된 기업가나 정치인의 초상들도 많은 생각거리를 던진다. 어쩌면 시작은 습관의 작은 차이에서 비롯되었는지 모른다. 그러나 그 결과는 엄청났다. 중요한 것은 현실적 위세와 달리 진실하지 않은 습관과 품성에 길들여진 이들이 결코 행복할 수 없었다는 사실이다. 행복으로 이르는 습관, 아리스토텔레스가 어린 아들 니코마코스에게 전하려 했던 그 윤리가 ,2300여년이 지난 지금도 여전히 주목에 값하는 이유는 그 밖에도 여럿 있을 것이다. (2017.7.31.)

진화를 위한 몰입은 얼마나 즐거운가?

: 미하이 칙센트미하이, 「몰입의 즐거움」

덥다. 너무나도 덥다. 연일 계속되는 무더위로 삶의 활력지
수가 거의 바닥으로 내려가는 느낌이다. 휴가를 떠난 사람들도
신명이 예전 같지 않고, 못 간 사람들은 말할 나위도 없이 힘들
어한다. 그러다보니 일에 제대로 몰입하기 어렵다. 더위 탓이
라고 둘러대며 올림픽 방송에 눈길을 준다. 혼신의 힘을 기울
여 활시위를 당기는 궁수들의 표정에서 내게 소진된 몰입의 힘
을 본다. 10초 안팎의 짧은 순간에 자신의 모든 것을 집중해야
하는 100m 경주에서 또한 몰입의 불꽃을 절감한다. 고도의 몰
입 없이 어찌 과녁의 중앙을 뚫을 것이며, 9초대의 소망스런 기
록에 도달할 것인가.

창조성과 행복의 관계를 집중적으로 연구하며 몰입의 창조
성을 강조한 미국의 긍정 심리학자 미하이 칙센트미하이를 기

억할 것이다. 그의 성찰에 따르면 현대인들은 많은 것을 잃어버린 채 경쟁의 컨베이어 벨트에 이끌리며 산다. 일과 놀이가 특별히 구별되지 않고, 노동과 삶의 가치 추구가 다른 것이 아니었던 예전의 능동적이고 활력적인 삶을 재현하기가 쉽지 않다. 가령 미국의 아미시나 메노나이트 같은 전통 마을을 보면서 그런 생각을 하게 된다는 얘기다. 그들에게는 노동 시간이 따로 정해져 있지 않다. 그들이 하는 뜨개질·목공·노래·책읽기 같은 행위들은 여가이자 물리적 사회적 정신적 의미에서 유용한 생산 활동이 된다. 그러나 현대인들은 "일과 놀이가 하나로 어우러진 건강한 삶을 누리는 방법"을 위해 복고적으로 삶의 시계를 되돌릴 수만은 없다. 그래서 그는 질문한다. "끊임없이 변화하는 사회에 몸을 담그고서도 이러한 특성을 결합하여 삶의 방식을 새롭게 창조할 수는 없는 것일까?"(『몰입의 즐거움』)

무엇보다 수동성에서 능동성으로의 전환이 요구된다. 휴가철이니 여가 문제로 좁혀 보자. 여가 때라고 하더라도 일할 때처럼 창의적인 정력을 쏟는다면, 그 자신의 삶을 넉넉하게 해줄 뿐만 아니라 세계 전체를 값지게 할 수 있다. 수동적으로 소비하고 자극적 쾌락을 쫓는 여가로는 진정한 만족과 즐거움을 얻기 어렵다. "오락에만 지나치게 의존하는 사회는 앞으로 직면하게 될 기술적·경제적 난제를 창조적으로 해결할 수 있는 정신적 에너지가 부족해질 수밖에 없다." 자유롭지 못한 상황에서 일하면서 의미를 찾지 못하고, 여가 시간도 목적 없이 소진하여 의미를 찾지 못한다면 그건 정말 최악이다. 물론 쉽지는 않지만 일이 여가처럼 신나고, 여가도 진정한 재충전의 시간으로 충일하다면 더할 나위 없이 좋은 일이다.

이를 위해서는 저마다 스스로 창조적 개인으로서의 소명을 새길 필요가 있다. 나름의 방식으로 몰입을 실천하면 누구나 개성적인 아웃라이어가 될 수 있다. 일할 때도 몰입, 놀 때도 몰입…… 즐거운 몰입의 에너지가 삶의 실질을 바꿔줄 수 있다는 신뢰가 중요하다. 몰입을 통해 나를 진화시키면 내가 속한 집단과 세계에도 긍정적인 영향을 미치게 된다. 그렇다고, 몰입을 통해 아웃라이어가 되었다고 해서 그 늪에 빠지면 진정한 창조적 개인으로부터 멀어진다. 자기 진화를 위한 즐거운 몰입의 노력은 계속되는 게 좋다. 그래서 저자는 불가의 가르침을 되새긴다. "우주의 미래가 내 한 손에 달려 있다는 생각을 한시도 접지 말되, 내가 하는 일이 대단한 일이라는 생각이 고개를 들 때마다 그걸 비웃어라." 더위를 빌미로 즐거운 몰입을 멀리했던 시간들을 반성하며 우리는 질문한다. 진화를 위한 몰입은 얼마나 즐거운가?(2016.8.14.)

나잇값의 비밀은?

: 로마노 과르디니, 『삶과 나이: 완성된 삶을 위하여』

"인간이 걷는 것은 단지 어딘가에 도달하기 위해서만이 아니라, 걸어감 속에서 살기 위해서이기도 하다"고 말한 이는 괴테였다. 지나치게 목표 지향적이어서 과정의 진실이나 매 순간의 삶의 의미를 덜 존중하는 사람들에게는 귀감이 되는 말이다. 삶은 그 어느 순간도 의미화되지 않는 부분이 있을 수 없고, 존중받지 못한 그 어떤 순간도 없다. 인생의 행로는 부단히 생성하고 변화하는 도정이다. 이탈리아 태생의 독일 가톨릭 철학자 로마노 과르디니의 『삶과 나이: 완성된 삶을 위하여』는 출생에서 죽음에 이르기까지 인생의 각 시기들을 전체적으로 조망하면서 어떻게 완성된 삶을 향해 나아갈 수 있을 것인가 성찰한다.

저자는 태아기, 출생, 유년기, 사춘기, 청춘, 현실 경험, 성년, 한계 경험, 성숙, 끝맺음의 경험, 노년의 지혜, 그리고 고령으로의 진입, 노쇠함 등 인생의 시기들을 찬찬히 조망하면서 이렇게 말한다. "각 시기는 그 자체로 고유한 형상을 이루고 각자에 고유한 의미를 지니고 있어서 다른 어떤 시기로도 대체될 수 없습니다." 그러므로 각 시기의 특성과 그 시기에 걸맞은 가치 추구의 지혜와 윤리가 필요하다. 삶 전체라는 조감도와 관련하여 각 시기에 대한 저자의 성찰은 간명하되 심오하다. 특히 노년에 대한 이해가 인상적이다. 노년은 단지 소진된 삶의 순간이 아니다. 잉여가 아니다. 인생 전체를 총체적으로 성찰할 수 있는 경험과 안목을 바탕으로 삶의 의미를 완성해나갈 수 있는 시기가 노년이다. 물론 죽음을 앞두고 있지만, "죽음은 무화가 아니라 삶의 완성과 관련된 가치"이다. '마치다'라는 동사에는 '완성하다' 혹은 '완전하게 끝나다' 의미가 함축되어 있음을 저자는 강조한다.

그러기에 죽음을 앞둔 노년이 모든 것을 허심탄회하게 받아들이고 영원한 것을 성찰하며 그 의미를 이해하고 실현하려 하는 게 중요하다. 아울러 노년이 아닌 다른 세대 사람들도 그런 노년의 특성을 이해하고 받아들이는 것이 좋다. "노년이 의당 누려야 할 삶의 권리를 진술하고 친절한 태도로 승인"해주는 것이 다른 세대에도 도움이 된다. 가령 청년이나 성년은 노인을 돌보면서 인간 존재 자체의 취약성을 헤아리고, 건강한 활력으로 인해 보이지 않던 깊은 가치들을 이해할 수 있을 뿐만 아니라, 삶의 비극이나 고독, 인간 사이의 연대 문제 등에 대해서도 성찰의 지렛대를 마련할 수 있다. 한편 저자는 삶의 의미를 완성하기 위해서는 모든 순간의 유일무이성에 대한 인식이 중요하다고 강조한다.

"모든 삶의 시기가 전례 없이 새롭고 유일하며 또한 영원히 사라져가는 것이라는 사실, 바로 이 점에서 인간 삶의 긴장, 즉 바로 그때 그 시기의 삶을 살려는 아주 내밀한 충동이 나옵니다. 이 충동을 느끼지 못하면 곧바로 단조로움의 감정이 생겨나고, 이 감정은 절망으로까지 치달을 수 있습니다. 그런데 또한 그러한 유일무이함 때문에 지나간 어떤 것도 되돌릴 수 없다는 사실이 무겁게 다가옵니다."

디지털 게임처럼 리셋할 수 없는 것이 인생이다. 매 순간의 유일성에 대한 인식과 삶 전체와의 변증법적 상관성을 헤아리고 윤리적으로 실천한다면 완성된 삶에 가까이 접근할 수 있다는 것이 저자의 생각이다. 설날 아침 또 한 그릇의 떡국을 먹으면서, 또 한 살의 나이를 먹는구나 생각하면서, 나잇값 못하고 해당 시기의 윤리를 제대로 실천하지 못하는 현실 풍경과 아울러, 나이를 둘러싼 우리 사회의 세대 갈등, 노년에 대한 폄훼 경향 등을 떠올리면서 다시 손에 들게 된 책이다.

우리 모두는 완성된 삶을 수행할 수 있는 소중한 존재들이다. (2017. 1. 27.)

4 절망의 산에서
희망의
돌멩이를

좋은 담이 좋은 이웃을 만들까?

: 로버트 프로스트, 「담장 고치기」

아파트 생활을 하는 이들은 실감하기 어렵겠지만, 전통적인 주택에 사는 사람들에겐 봄이 되면 이곳저곳 손볼 일이 많이 생기게 마련이다. 지난 겨울 거센 바람과 눈보라에 시달렸던 담장이며 정원이며 봄 단장할 곳이 한두 군데가 아니다. 「걷지 않은 길The Road Not Taken」로 우리에게도 잘 알려진 미국시인 로버트 프로스트Robert Frost의 「담장 고치기Mending Wall」는 봄을 맞아 이웃과 담장을 고치는 과정에서 떠오른 사유를 펼쳐놓은 시다. 겨울철 담 아래 땅이 얼었다 녹는 과정에서 땅이 부풀고 그러면서 돌담이 일부는 무너져 내리기도 했고 일부는 틈이 생겼다. 화자는 이웃에게 연락해 양쪽에서 나란히 담을 고쳐 나간다.

"어느 날 만난 우리들, 경계 따라 걸으며/ 서로의 사이에 다시 담을 쌓지요./ 걸으면서 우리들 사이에 담을 두는 거에요."

각자 자기 쪽에 떨어진 돌을 주워 올리며 균형 잡히고 튼튼하게 담이 만들어지도록 애쓴다. 그러면서 화자는 왜 이 담장이 필요한가, 하는 의구심을 이웃에게 표한다. "그쪽은 솔밭이고 내 쪽은 사과밭,/ 사과나무가 경계를 넘어 그쪽 솔방울을/ 따먹을 리 없다고 그에게 말해" 본다. 그러자 이웃은 이렇게 대답한다. "좋은 담이 좋은 이웃을 만든다네요. (Good fences make good neighbors.)"

화자는 그 말을 수긍하기 어렵다. 왜 좋은 담이 좋은 이웃을 만드는가? 담장이란 젖소 목장에나 필요한 것 아닐까? 여긴 젖소도 없는데 왜 담을 쌓아야 한단 말인가? "도대체/ 이 담으로 무엇을 지키고 무엇을 막자는 것인가?/ 누구의 마음을 상할까 겁이 나는가?" 그럼에도 이웃은 아랑곳하지 않고 담을 쌓는데 "구석기 시대의 무장한 야만인"처럼 몰두한다. 그러면서 부친에게 들었단 말을 의심도 없이 되풀이 건넨다. "좋은 담이 좋은 이웃을 만든다네요."

『옥스포드 인용구사전』에도 실려 있는 "좋은 담이 좋은 이웃을 만든다."는 말은 17세기 중엽의 영국 속담이다. 내 일을 잘하기 위해서나 남의 사생활을 존중하기 위해 적절한 담이 있는 것이 더 좋다는 생각을 담고 있는 속담일 터이다. 프로스트의 시에서 화자의 이웃이 이런 뜻으로 두 번이나 그 말을 되풀이했는지는 알 수 없다. 시는 줄곧 화자의 생각이나 시선을 따라가고 있기 때문이다. 화자는 담장과 관련한 관습적인 사고, 순응적인 태도에서 벗어나고 싶어 한다. 담이란 젖소처럼 지킬 게 있을 때 필요한 것이라는 생각, 나아가 소유가 담을 쌓게 한다는 생각, 이웃을 존중하고 적절한 거리를 두려는 것보다는 자기 것을 지키고자 하는 닫힌 소유욕이 담을 쌓는다는 생각을 하고 있기에, 담 안에 배타적으로 소유하기보다는 열린 소통을 생각한다면, 담을 쌓지 않는 것이 더 좋겠다는 생각을 견지하는 것으로 보인다.

우리도 언젠가부터 이웃끼리 담을 허물고 그 경계 공간을 공동으로 잘 활용하는 사례들이 늘고 있다. 아예 담을 두지 않는 것을 규약으로 정한 주택단지도 늘어난다. 프라이버시 손상을 일부 감수하면서 공동의 이익을 도모하는 것이 더 낫다는 생각에 기초한 발상일 게다. 그리 길지 않은 시간이었지만 대선 기간 동안 서로 자기 표를 구하기 위해 나름의 담장을 높이 쌓아올렸다. 그러면서 담 너머 이웃을 폄훼하고 담 안의 주장만을 앞세우기도 했다. 마침내 오늘, 결전의 날이 밝았다. 이제 억지로 쌓아올린 담을 허물어야 하지 않을까. 허심탄회한 소통과 화해로 열린 협치의 묘미를 살려야 하지 않을까. 좋은 담이 좋은 이웃을 만들 수도 있지만, 불필요한 담을 허물었을 때 더 좋은 이웃을 만들 수도 있을 테니 말이다. (2017.5.3.)

절망의 산에서 희망의 돌멩이를 캐낼 수 있을까?

: 킹, 「나에게는 꿈이 있습니다」

모든 역사의 구비마다 말이 있었다. 어떤 말은 가공할만한 적의와 격정적 분노로 전쟁터를 피로 물들이게 했고, 어떤 말은 평정과 박애의 기운을 확산시켰다. 어떤 말은 사람들을 속이고 배신했고, 어떤 말은 믿음으로 스미고 짜이며 사람들로 하여금 새롭게 꿈꾸게 했다. 『인류의 역사를 뒤흔든 말, 말, 말』(제임스 잉글리스)에는 말이 사람들을 움직였고 사람들이 역사를 움직였던 다양한 말들이 실감 있게 정리되어 있다. 가령 호메로스의 『일리아드』에 나오는 메넬라오스의 분노의 말은 트로이를 피로 물들게 할 정도로 극렬한 복수의 말이었다. 반면 마틴 루서 킹 목사의 「나에게는 꿈이 있습니다」는 "절망의 산에서 희망의 돌멩이를" 캐내게 한 말이었다.

인권 운동가 킹 목사가 1963년 8월 28일 미국 워싱턴 DC 링컨 기념관에서 행한 연설은 역사상 가장 위대한 연설의 하나로 꼽힌다. 100년 전 에이브러햄 링컨의 게티즈버그 연설을 환기하며 시작하는 이 연설은 미국 인권운동의 획기적 분수령이 되었다. 킹 목사는 미국 헌법이 보장하는 인권의 평등과 자유가 지켜지지 않는 상황을 악성 부도수표로 비유하면서, "인종차별이라는 암울하고 황량한 계곡에서 빠져나와 인종평등이라는 햇살 가득한 길로 나아가야 할 때"임을 강조하면서 "모두를 위해 정의를 실현"해야 함을 역설한다.

부당한 억압을 직시하되 증오의 잔을 마시는 방법은 안 된다고 했다. 품위와 절제를 바탕으로 당당하게 투쟁하되, "정의가 강물처럼 흐르고 공의가 힘찬 물줄기처럼 흐르기 전에는" 결코 멈추어서는 안 된다고 했다. 직면한 역경의 현실은 바뀔 수 있고 또 바뀔 것이라는 신념으로 절망의 수렁에 빠지지 말고 위풍당당한 자유의 종소리를 난타하자고 했다. 그러면서 "나에게는 꿈이 있습니다"라고 말한다. 불평등에서 평등으로, 불의와 억압에서 자유와 정의의 오아시스로 바뀔 날이 오리라는 꿈이 있다고 했다. 차별의 불협화음을 넘어 진정한 형제애가 살아 숨 쉬는 아름다운 교향곡이 펼쳐지는, 그런 소망스런 미래가 다가올 것이라는 꿈이 있다고 했다.

"오늘 나에게는 꿈이 있습니다. 나에게는 언젠가 골짜기란 골짜기는 높이 솟아오르고, 언덕이란 언덕과 산이란 산은 낮아지고, 울퉁불퉁한 곳은 모두 평평해지고, 구부러진 곳은 곧게 펴지면서 주님의 영광이 드러나는 모습을 모두가 함께 지켜보게 될 날이 오리라는 꿈이 있습니다."

새로운 대한민국의 "문"을 열겠다는 새 대통령의 취임사의 한 구절이 킹 목사의 명연설을 떠올리게 했다. "기회는 평등할 것입니다. 과정은 공정할 것입니다. 결과는 정의로울 것입니다." 새 정부의 국정 과제와 그 해결 기조를 매우 명료하게 드러낸 메시지처럼 들렸다. '임을 위한 행진곡'의 가사처럼 "사랑도 명예도 이름도 남김없이/ 한평생 나가자던 뜨거운 맹세"를 꼭 지키겠다는 약속이며, "깨어나서 외치는 뜨거운 함성"에 응답하겠다는 다짐처럼 들렸다. 정녕 그렇게 되기를 바란다. 아니 꼭 그렇게 되어야 할 것이다. 고통과 절망 속에서도, 우리에겐 꿈이 있다면서, 위풍당당한 자부심이 넘쳐나는 땅에서 진정 사는 것처럼 자랑스럽게 살아보는 꿈을 말하는 국민들의 간절함이 반영된 말이기 때문이다. 먼 훗날 역사에서 "절망의 산에서 희망의 돌멩이를" 캐내게 한 말로 기록되길 바란다. (2017.5.21.)

Lesende Frau, Paul Barthel (German, 1862~1933)

공평한 관찰자는 실종되었을까?

: 애덤 스미스, 「도덕감정론」

　　흔히 경제학의 아버지로 불리는 애덤 스미스(1723~1790)는 우리가 잘 아는 『국부론』(국가의 부흟의 본질과 원천에 대한 탐구)를 발표하기 전에 『도덕감정론』을 출간했다. 사회철학의 입장에서 인간 행위와 인식, 윤리와 사회적 조화 가능성 등을 모색한 이 책은 『국부론』의 경제담론의 철학적 기초로서 뿐만 아니라, 인간관계의 구체적 현장에서 참조할 수 있는 윤리학적 성찰로 주목된다.

　　스미스가 보기에 인간은 기본적으로 이기적이다. 자기 이익을 추구하려는 열정과 행위를 보이게 마련이다. 그러나 그것은 사회 전체의 이익과 조화를 이루는 방향으로 나아가는 경향이 있다. '보이지 않는 손invisible hand'이 그런 방향으로 인도하기 때문이다. 『국부론』을 통해 우리가 이해한 대목인데, 이 논리의 기초를 우리는 『도덕감정론』에서 확인하게 된다.

　개인의 사적 이익 추구와 사회 전체의 이익의 조화 가능성의 기초는 인간의 '공감sympathy' 능력이다. 인간은 기쁠 때나 슬플 때 타인과 감정을 교류하며 함께 기뻐하고 함께 슬퍼한다. 특히 슬픈 상황에 대한 동정과 연민은 인간적인 것의 토대다. 타인들의 감정과 조화를 이루기 위해 개인은 때때로 제 감정을 억제하기도 한다. 그럼에도 슬픔이나 고통을 경험한 주체와 주위 사람의 감정이 정확히 일치할 수는 없다. 최대한 역지사지의 마음으로 공감한다 하더라도 타인의 상상에 불과하기 때문이다. "결국 타인의 공감은 늘 미미한 수준에 그친다."고 스미스는 말하거니와, 그러기에 공감의 기초인 "상상 속 입장의 교환" 즉 역지사지의 진정성은 매우 중요하다. 각자 자신의 이기성과 역지사지의 불충분함을 시인하고 더 충실한 입장의 교환을 상상하는 것이 인간의 품격이나 윤리에서 중요하다고 스미스는 강조한다.

　물론 그렇게 노력해도 두 사람의 감정이 완전히 일치할 수는 없다. 동음unison이 아닌 협화음concord이더라도, 그런 윤리적 노력들이 사회를 조화롭게 하는 데 기여한다. 그 협화음을 위해서 개인은 저마다 '공평한 관찰자impartial spectator'를 발견하고 육성할 필요가 있다. 『도덕감정론』에 따르면 이기적이고 일방적인 판단으로부터 인간을 지키기 위해 "상당히 공평하고 공정한 인물, 즉 자기 자신에게나 자신의 행동으로 인한 여러 이해관계에 있는 사람들에게나 아무 특별한 관계를 갖지 않은 인물의 눈앞에서 행위하는 것처럼 생각하는" 관찰자, 곧 "중립적인 관찰자이자 우리의 행동을, 우리가 타인의 행동을 볼 때와 마찬가지로 이해관계가 없이 고찰"하는 공평한 관찰자가 판단과 행위의 적정성을 제고할 수 있으며, 그 공평한 관찰자들을 연결하는 보이지 않는 손이 작동할 때 사회는 조화를 이룰 수 있다.

타인을 위해 많이 공감하되, 자신의 이기적 추구는 억제하는 것, 이를 위해 공평한 관찰자를 잘 작동시키면 인간은 품위와 적정성을 유지할 수 있고, 보이지 않는 손이 이끄는대로 "인류가 가진 다양한 감정과 정념의 조화"를 만들어 낼 수 있다는 스미스의 논지를 따라가다 문득 이른바 '내로남불'(내가 하면 로맨스, 남이 하면 불륜) 현상을 떠올렸다. 길게 얘기할 필요도 없이 공평한 관찰자의 실종 양상 아닐까. 그것이 실종되면 긍정적 맥락의 보이지 않는 손에 의해 품격 있고 조화롭게 성장할 수 있는 사회적 가능성도 아득해지지 않을까. 우리 모두 내 안의 중립적 관찰자를 간절하게 거듭 호명할 일이다. (2017.6.4.)

열린 법의 문 안으로 들어갈 수 있을까?

: 카프카, 「법 앞에서」

한 시골 남자가 '법' 안으로 들어가려 한다. 문지기가 입장을 가로막는다. 시골 남자는 나중에는 들어갈 수 있느냐고 묻는다. 문지기는 나중에는 가능한 일이지만, 지금은 안 된다고 말한다. 자신의 '금지'를 어겨서 들어간다 하더라도 그 안에는 더 위력적인 문지기들이 지키고 있기 때문에 안 된다고 위협한다. 시골 남자는 문지기의 말을 곧이듣고 어떻게든 그를 달래려 한다. 시골에서 가져온 물품을 뇌물로 주기도 하며 다각적인 시도를 하지만 문지기의 금지를 풀지 못한다. 오랜 시간이 흘러도 그는 법 안으로 들어가지 못한다. 마침내 쇠약해진 그는 최후의 순간에 "법의 문으로부터 꺼질 줄 모르고 흘러나오는 광채를" 알아보게 된다. 그는 문지기에게 왜 이 문을 통해 법으로의 입장을 요청한 다른 사람들이 없었느냐고 묻는다. 문지기는 이 입구는 오로지 당신만을 위해 정해진 곳이었을 따름이라며, 문을 닫는다.

프라하를 대표하는 작가 프란츠 카프카의 짧은 소설 「법 앞에서」(1915)로 발표되었다가, 미완성 장편 『소송』의 9장에 편입된 이야기다. 작가는 이 소설을 특히 좋아하여 만족감과 행복감을 생전에도 밝힌 바 있다. 그만큼 매우 복합적인 의미망을 함축하고 있는 작품이다. 시골 남자가 왜 법 안으로 들어가고 싶어 했는지는 드러나 있지 않다. 오직 그는 법으로 들어가길 욕망했고, 문지기는 금지했다는 사실만 드러나 있다. 문지기의 금지는 법과 관련한 권력을 최대한 이용하는 타락한 관료주의나 전체주의적 속성의 단면을 환기한다. 오직 그를 위한 입구임에도 지금은 안 되고 나중에는 가능하다며 끝내 허용하지 않은 부조리함의 알레고리가 어지간하다. 최후의 순간까지 허용받지 못한 시골 남자는 법으로부터 보호받지 못하고 부당하게 외면당한 자의 슬픈 상징이다.

그런데 시골 남자는 왜 문지기의 말만 믿고 수동적으로 기다리기만 했을까. 그의 위협적인 말에 압도되었던 탓일까. 세속적으로 뇌물을 준다든지 하는 방식 이외에, 정당한 자유의지에 따른 적극적 시도나 행동을 보이지 않은 것은 무엇 때문인가? 법 안으로 들어가야 할 절박한 이유가 밝혀지진 않았지만, 그럼에도 그는 자신의 욕망 추구를 위해 너무 소극적이지 않았을까,

하는 의문도 든다.

물론 카프카의 '법'은 비단 정치적인 맥락이나 사회철학적 맥락에 국한되는 것만은 아니다. 종교적인 율법이나 신, 형이상학적인 진리나 본질적 존재론과도 관련된다. 무릇 궁극적인 진리에 지금 당장 이르기는 어려운 법이다. 부단히 다음으로, 다음으로 미끄러질 수밖에 없다. 시골 남자가 최후의 순간에야 법 안에서 흘러나오는 빛의 광휘를 보게 되는 것도 그 때문일지도 모른다. 법 안으로의 입장을 금지당한 시골 남자는 그 빛을 보았고, 금지한 문지기는 끝내 보지 못했다. 정치적 맥락에서도 의미심장한 대목이다.

작가 토마스 만은 카프카를 일러, "그는 몽상가였고, 그의 작품들은 자주 꿈의 성격 속에서 완전히 구상되고 형상화되어 있다. 그의 작품들은 비논리적이고 답답한 이 꿈의 바보짓을 정확히 흉내 냄으로써, 생의 이 기괴한 그림자놀이를 비웃고 있다."고 말한 바 있다. 1915년 프라하의 시골 남자는 법의 문을 끝내 열지 못했다. 그야말로 기괴한 그림자놀이에 그치고 만 것이었을까. 그러나 그 그림자가 빛의 광휘를 마침내 견인할 수 있었다는 점은 인상적이다. 빛의 존재, 그 생의 진실을 삶 전체를 걸고 탐문할 수 있는 가능성을 확인한 것이다. 현실적으로 닫혀 있고 이런저런 시도에도 좀처럼 열리지 않는 문이지만, 그럼에도 그 문 안은 그림자로 하여금 열린 몽상을 꿈꾸게 하는 근원적 에너지에 값한다. 어디 카프카의 시골 남자뿐이겠는가. 우리는 대개 닫힌 문을 열기 위해 문 앞에서 온갖 실천적 지혜를 짜내며 시행착오를 되풀이한 경험이 있으리라. 결코 쉽게 열리지 않겠지만, 마침내 열릴 것 같은 몽상, 그것은 어쩌면 난세를 살아가게 하는 심연의 원동력인지도 모르겠다. (2017. 3. 10.)

최선의 나라에서 살아볼 수 있을까?

: 플라톤, 「국가」

"근대국가 생성의 역사는 말할 것도 없이, 그것 자체가 하나의 도덕사道德史이다." 『덕 이후: 도덕론 연구』에서 매킨타이어는 그렇게 적는다. 국가에 대해서는 물론 덕德에 대해서도 말하기 쉽지 않다. 흔히 정치학과 윤리학, 교육학 등의 고전적 교과서로 불리는 플라톤의 『국가』에는 흔히 '덕'으로 번역되는 아레테arete에 대한 언급이 많이 나온다. 아레테는 어떤 사물이나 존재의 훌륭한 상태 혹은 탁월한 상태를 뜻한다. 어떤 사물이 그 기능이나 구실을 잘 할 때 아레테가 있는 것이라고 말할 수 있다. 예컨대 펜의 아레테는 잘 씌어지는 것이고, 눈의 아레테는 잘 보는 것이다.

개인이든, 집단이든 훌륭한 탁월성을 발휘하기 위한 기본 조건의 하나는 정의다. 현실적으로는 올바르지 않은 방식으로 타인의 예속시켜 자신의 이득을 취하려 하는 강자의 모습을 흔히 볼 수 있지만, 그것은 올바르지 않다고 소크라테스는 말한다. 어떤 집단에서 그 구성원들이 서로 간에 올바르지 않은 짓을 저지른다면 함께 의미 있는 일을 모색하기 어렵다. 플라톤이 전하는 소크라테스의 말을 직접 들어보자.

"선생은 나라나 군대, 강도단이나 도둑의 무리, 또는 다른 어떤 집단이 뭔가를 공동으로 도모할 경우에, 만약에 그들이 자기네끼리 서로에 대해 정의롭지 못한 짓을 저지른다면, 그 일을 그들이 조금인들 수행해 낼 수 있을 것으로 생각하오? [⋯] 어쩌면 그건 부정의가 서로 간에 대립과 증오 및 다툼을 가져다주나, 정의는 합심과 우애를 가져다주기 때문일 것이오, 그렇지 않소?"(『국가』351c, d)

여기서 대립과 증오, 합심과 우애의 대조는 뚜렷하다. 즉 정의롭지 못할 때 아레테는 발현되지 못한다. 정의는 혼psychē의 아레테이기 때문이다. 나쁜 혼은 자신의 기능을 잘 발현하게 하지 않는 반면, 좋은 혼은 잘 발현하게 한다. 그러니 훌륭하게 잘 사는 사람은 복을 받고 행복할 수 있으나, 그렇지 않은 사람은 반대의 결과에 이르게 된다. 그것은 개인이나 집단이나 국가나 마찬가지다. 플라톤은 소크라테스를 따라 완전하게 정의로운 나라가 최선의 나라이고, 전적으로 부정의한 나라는 최악의 나라임을 논증한다.

'완벽하게 좋은 나라', '아름다운 나라'인 이상 국가는 지혜, 용기, 절제 등 모든 덕목들을 갖춘 정의로운 나라다. 그 구성원들이 저마다 타고난 본성을 잘 발휘하고 제 일을 잘하며, 아레테를 잘 구현할 수 있도록 하는 나라다. 그런 나라의 통치자들은 "나라에 유익한 것이면 온 열의를 다해서 하려 들되, 그렇지 못한 것이면 어떻게도 하려 들지 않을 것같이 보이는 사람들, 그 누구보다도 온 생애를 통해 그렇게 하려 들 것으로 보이는 사람들"(412e)이다. 그런 통치자들은 "진정 그 이름값을 하는 사람들"(458c)이다. 그런 사람들이 '참된 나라' '건강한 나라'를 만든다. 그렇지 않은 경우 '염증 상태의 나라'로 전락할 수 있음을 『국가』는 일찌감치 경고한다.

물론 2400여 년 전인 플라톤 시절과 지금은 상황이 많이 다르다. 그럼에도 소크라테스나 플라톤이 강조했던 국가의 기본 정신은 여전히 의미심장한 참조틀이 된다. 많은 국민들이 국가에 대해 염증을 느끼고, 그 아픈 증상들이 간절한 불꽃으로 타오르고 있다. 최선의 나라에서 자랑스럽게 살고 싶은 것이다. 대립과 증오를 넘어서 합심과 우애로 아레테가 잘 발현되는, 그런 아름답고 건강하고 좋은 나라에 살고 싶은 것이다. (2016. 11. 6.)

Girl reading. The Storyteller (1911). William Strang (Scottish, 1859-1929)

비밀을 사랑하는 사람은 얼마나 위험한가?

: 엘리아스 카네티, 『군중과 권력』

"비밀을 부모 형제나 아내나 친구에게 누설하지 않는 것이 왕의 특권이다." 아랍의 『왕관의 서書』의 한 구절이다. 어디 아랍뿐이겠는가. 동서고금의 많은 권력자들이 비밀을 간직하는 특권을 누리지 않았겠는가. 가령 페르시아의 코스로스 2세는 비밀을 통치 수단으로 노회하게 이용한 왕으로 얘기된다. 기용하고자 하는 신하의 신중함과 충성도를 시험하기 위해 위험한 비밀을 알려주고, 그것을 지키면 중용하고 지키지 않으면 강등시켰다. 비밀로 신하들을 분할 통치한 그는 자신을 위하여 가장 가까운 친구조차 배신할 수 있는 신하만을 거두었다. 그러다 보니 그의 신하들은 수인囚人의 딜레마에 빠지기 일쑤였다.

1981년 노벨문학상 수상자인 엘리아스 카네티(1905~1994)의 『군중과 권력』은 "군중의 본질을 새로운 각도에서 조명함으로써 인간사에 대한 포괄적인 이해의 토대를 마련한 책"(아놀드 토인비)으로 격찬받은 유럽 사상계의 고전이다. "어떻게 예술과 철학을 사랑하는 독일인들이 포악한 권력자 명령에 복종해 그런 끔찍한 만행을 저지를 수 있었을까?" 라는 질문에 답하고자 35년에 걸쳐 치열하게 탐구했다는 이 책을 다시 읽다가, 비밀과 관련한 의미심장한 성찰의 지렛대에 오래 눈길이 머문 것은 결코 우연이 아닐 터이다.

카네티에 따르면 비밀은 신체 안에 잘 위장된 "제2의 신체"이다. "비밀은 그것을 둘러싼 것보다도 밀도가 높은 것이며 주위와 단절된 채 거의 꿰뚫을 수 없는 어둠 속에 갇혀 있다. 비밀은 그 내용이 어떤 것이든 언제나 위험하다." 그러기에 비밀에 접근하는 사람은 불쾌한 경이에 빠지는 경우가 많다. 유리 병정처럼 투명한 이들은 그런 제2의 신체를 지닐 여지가 적다. 반면 단단한 갑옷으로 무장한 권력자는 강고하고 밀도 높은 비밀의 신체를 내장하는 일이 많다. 카네티는 말한다. "권력의 가장 깊은 핵심에는 비밀이 있다." 권력자는 다른 사람들을 환히 투시해보면서도 다른 이들이 자기를 꿰뚫어보는 것을 거부한다. 그의 내면 혹은 제2의 신체가 결코 다른 사람들에게 간파되지 않기를 바란다. 그래서 종종 진실을 알고자 하는 군중들의 질문에 침묵한다. 극단적인 방어 형태다. "침묵에 부딪친 질문은 방패나 갑옷에 맞고 튕기는 무기와 같다." 그럴수록 그는 위험에 빠질 수 있다. 침묵을 지키는 사람, 비밀이 많은 사람은 점차로 고립된다.

"침묵은 변화를 방해한다. 침묵하는 자는 경직된 방법으로밖에는 자신을 위장할 수 없다. 그는 가면을 쓸 수 있지만 거기에 단단히 달라붙어야 한다. 그런 자에게는 변화의 유동성이 거부된다. … 침묵은 변화의 기회에 응하지 못하도록 가로막는다. 사람들의 모든 움직임은 말을 통해 시작되며 침묵 속에서는 움직임이 경직된다."(『군중과 권력』)

권위주의 체제에서 권력자의 침묵은 비밀을 집중시키고 그만큼 권력을 강화한다. 민주주의 체제라면 비밀은 여러 사람에게 분산되고 약화된다는 게 카네티의 견해다. "한 파벌이나 한 개인에게 국한된 비밀은 그 비밀을 가진 사람뿐만 아니라 거기에 관계되는 모든 사람에게 결국 치명적인 것이 될 수밖에 없다." 비밀의 폭발력과 그 안에 내장된 열기를 잘 알고 있었던 카네티의 성찰은 SNS시대인 지금, 여기서 더 빛을 발하는 것 같다. 카네티에 기대어 질문한다. 비밀을 사랑하는 권력은 얼마나 위험한가? 비밀을 밝히려는 군중은 얼마나 위대한가?

(2016. 11. 20.)

2016년 겨울, 촛불의 꿈은?

: 가스통 바슐라르, 「촛불의 미학」

그리스 신화에서 프로메테우스는 신들의 전유물이었던 불을 훔쳐 인간에게 선사한다. 신들에 비해 너무나 나약한 삶을 살아야 했던 인간을 돕기 위해서였다. 이 프로메테우스의 선물 덕분에 인간은 급속도로 문명을 발전시켜, 지구상의 여타 생물 종들과 다른 삶을 영위할 수 있었다. 그런데 왜 제우스는 불의 사용을 금지했을까. 인간이 불을 사용하게 되면 신들에 버금가는 지위를 확보할 수도 있겠다는 우려 때문이 아니었을까. 반면 프로메테우스의 입장에서 불은 지식의 보급을 뜻하는 것이겠다.

굳이 '불은 지식'이라는 프로메테우스의 메시지를 떠올리지 않는다고 하더라도, 불꽃은 우리에게 많은 것을 떠올리고 상상하게 한다. 불은 스스로를 태워 주위의 어둠을 밝힌다. 불의 정수리인 불꽃은, 어둠과 밝음, 그 명암의 심연을 성찰하게 한다.

거기서 우리는 죽음에서 재생, 어둠에서 해방에 이르기까지 다양한 몽상거리를 보게 된다. 그 심연에서 몽상의 깊이와 울림을 전해준 『촛불의 미학』은, "시인 가운데 가장 훌륭한 철학자이며, 철학자 가운데 가장 훌륭한 시인"으로 거론되는 과학 철학자이자 평론가인 가스통 바슐라르의 마지막 저작이다.

여러 불꽃 중에서도 특히 촛불은 인간에게 각별한 느낌으로 다가온다. 그래서 사람들은 생각하면서 꿈꾸고, 꿈꾸면서 생각하기 위해, 촛불을 애용한다. 촛불은 세상의 첫 빛과 같은 형상으로 그것을 바라보는 사람들로 하여금, 처음을 그러니까 근원을 보게 하고, 상상하게 하고 새로운 이미지들을 몽상하게 한다. 바슐라르는 촛불의 불꽃에서 "혼의 정밀성을 재는 예민한 압력계, 섬세한 조용함, 생의 세부에 이르기까지 내려가는 조용함" 등의 이미지를 날카롭게 견인한다. 편안한 몽상의 흐름, 그 부드럽고 조용한 지속의 연속성 속에서 그는 부정성의 정화를 명상한다. 그에 따르면 어떤 물질이 빛을 낸다는 것은 스스로 적극적인 정화를 수행하는 것이다. "스스로를 소멸시키면서 순수한 빛을 내는 것은 불순물 그 자체"이기에, "악은 선의 양식"이 된다면서, "우리들은 우리들의 부정을 태울 것"임을 그는 강조한다.

붉은빛과 흰빛으로 일렁이는 촛불의 조용한 역동성이 주목되는 것도 그 때문이다. 바슐라르의 몽상을 따라가면 아래쪽의 푸른빛과 연결되는 흰빛은 사회와 권력의 부정성을 태우려는 의지와 닮아 있다. 심지와 연결된 붉은빛은 더러운 불순물로 파악된다. 촛불의 일렁임이란 붉은빛의 하강과 흰빛의 상승 사이의 내밀하면서도 역동적인 운동이다. 이에 바슐라르는 "촛불의 불꽃은 가치와 반가치가 서로 싸우는 결투장"이라고 말한다. 그런 역동성은 새로운 생성을 향해 긴장하는 특별한 세계이다. "불꽃 속에서 공간은 움직이며, 시간은 출렁거린다. 빛이떨면 모든 것이 떤다. 불의 생성은 모든 생성 가운데 가장 극적이며 가장 생생한 것이 아닌가?" 라면서 그는, 이런 불의 생성을 상상한다면 세계의 걸음은 빨라질 것이며, 사람들은 모든 것을 꿈꿀 수 있을 것이라고 예단한다.

그러나 생성은 고통 속에서 길어진다. "불꽃은 소리를 내고, 불꽃은 투덜거린다. 불꽃은 괴로워하는 존재이다. 어두운 중얼거림이 그 고뇌의 심연에서 나오고 있다. 아주 작은 고통도 그것은 세계의 고통의 표지이다." 2016년 겨울의 촛불 불꽃들도 고통의 심연에서 금지의 늪을 건너 새로운 생성을 몽상하며 타오른다. 세상과 나 자신이 공히 새롭게 거듭나는 생성을 꿈꾸는 것이다. (2016. 12. 4.)

'벌거벗은 생명'을 어떻게 변론할 수 있을까?

: 조르조 아감벤, 「호모 사케르」

이탈리아 출신 조르조 아감벤의 『호모 사케르: 주권 권력과 벌거벗은 생명』은 서양정치사와 철학사를 반성적으로 점검하면서 '벌거벗은 생명'들을 위한 변론을 모색한 책이다. "살해는 가능하되 희생물로 바칠 수는 없는 생명"인 "호모 사케르"는 주권의 권력 역학에 의해 흔히 배제될 수 있는 일종의 '늑대 인간'의 비유를 떠올리게 한다. 주지하다시피 늑대인간은 인간계에서도 인간 아닌 존재로 배제되고, 인간 아닌 동물계에서도 역시 배제되는 이중 배제의 숙명을 안고 있다. 거꾸로 인간이기도 하고 짐승이기도 하니 이중 포함의 가능성 또한 들어 있다. 이런 양가적인 영역에 대해 성찰하기 위해 아감벤은 고대 로마법의 자료를 뒤지다가 거기서 신성함의 개념과 인간 생명 자체가 결부되고 있는 최초의 형상을 발견한다. 페스투스의 『말의 의미에 대해』의 한 대목을 가져오는 것으로 그의 본론은 진행된다.

"호모 사케르란 사람들이 범죄자로 판정한 자를 말한다. 그를 희생물로 바치는 것은 허용되지 않지만 그를 죽이더라도 살인죄로 처벌받지는 않는다. 사실 최초의 호민관법은 "만약 누군가 평민 의결을 통해 신성한 자로 공표된 사람을 죽여도 이는 살인이 되지 않는다"는 점을 명기하고 있다. 이로부터 나쁘거나 불량한 자를 신성한 자라 부르는 풍습이 유래한다."

종교법과 형법이 아직 분화되기 이전의 시기임을 감안한다 하더라도 이건 좀 이상하지 않은가. 그런 의문에서 아감벤의 논의는 비롯된다. "그를 살해한 자에 대한 사면과 그를 희생물로 바치는 것의 금지라는 것의 병치"를 경제적으로 설명하기 어렵기 때문이다. 만약 호모 사케르가 부정하다면 어떻게 신성할 수 있는 것인가? 혹시 호모 사케르가 신의 소유물이라면 어째서 그를 죽이고도 부정이 타지도 않고 신성모독을 범하지도 않게 되는 것일까? '사케르sacer'라는 라틴어는 '성스럽게 되다'와 '저주를 받다'는 양가적인 의미를 함축한다. 인간의 법과 신의 법 둘 다의 외부에 존재하는 호모 사케르의 생명을 탐문하기 위해, 저자는 법학에서 인류학에 이르는 다양한 분야를 연구했는데 그 동안 자명하다고 믿었던 전제나 개념들 중 그 어느 것도 확실한 것으로 받아들일 수 없었다고 했다. 결국 그는 정치적인 맥락에서 주권 권력의 문제로 사태를 풀어내려 한다.

일찍이 아리스토텔레스는 단지 살아있는 생명체를 지시하는 '조에'와 개인 특유의 삶의 방식이나 가치를 뜻하는 '비오스'를 나누고, 비오스에서 멀어진 조에를 부정적으로 보았다. 발터 벤야민이 '벌거벗은 생명'이라고 불렀던 이들의 운명은 아감벤이 보기에는 주권 권력의 배제/포함 논리의 향방에 따라 달라진다. 생사여탈권을 쥔 주권이 조에 쪽만 보면 호모 사케르는 가치 없는 벌거벗은 생명이 된다. 실업 상태의 노숙인들, 불법체류자들, 난민들… 근대 이후 공동체에서 배제된 채 수용소에 감금되었던 벌거벗은 생명들에 저자의 눈길은 오래 머문다. 켄 로치 감독의 영화「나, 다니엘 블레이크」에서 다니엘은 자신의 분명한 언어로 가치를 추구하고 비오스를 갈구했지만 공무원들은 그를 한갓 조에 취급하며 배제하고 말았다. 그의 벽화 같은 서명 작업이 드라마틱한 것도 그 때문이다. 인간의 존엄성과 자존감, 자유의 문제와 관련한 많은 생각거리를 제공하는 감동적인 영화를 보며 떠올린 책이지만, 책을 다시 뒤적이는 내내 세월호의 고통으로부터 벗어날 수 없었다. 우리 시대 생명 가치의 현주소를 부끄럽게 떠올려야 했다. (2017.1.16.)

Mechelen, Rik Wouters, Amsterdam(Belgian,1882~1916)

기회의 평등을 위한 정의는 어떻게 작동하는가?

: 존 롤즈, 「정의론」

 "인간 생활의 제1덕목으로서 진리와 정의는 지극히 준엄한 것이다." 평생을 일관되게 정의론 연구에 몰입했던 도덕철학자 존 롤즈는 그렇게 단언한다. 고전적 사회계약 이론을 발전시킨 그가 구상한 정의로운 사회는 평등한 시민의 자유가 보장된 사회다. 어떤 정치적 거래나 사회적 득실 여부와 관계없이 정의에 입각해 시민의 권리들이 보장되어야 한다고 생각했다. "부정의는 그보다 큰 부정의를 피하기 위해 필요한 경우에만 참을 수 있는 것"이기에 정의는 가장 중요한 가치다.

 그는 각자가 상호 동등한 관계에 있게 되는 원초적 입장에서 합의할 수 있는 정의의 원칙들을 구상하고, 그 핵심을 '공정으로서의 정의'justice of fairness라 했다. 공정한 최초의 상황에서 합리적으로 합의된 것이 정의다. 순수한 가상적 상황으로 가정된 원초적 입장에서 개인들은 가장 합리적인 방식으로 일반적인 것들을 함께 선택할 수 있다. 공정한 절차에 의해 공정으로서의 정의가 추구되면 자발적인 체제에 근접하게 된다. 그러나 실제로 사회적 협동체를 이상적으로 구성하는 것은 어려운 일이므로 다음과 같은 상이한 두 원칙을 고려해야 한다고 롤즈는 주장한다.

"첫째, 각자는 다른 사람들의 유사한 자유의 체계와 양립할 수 있는 평등한 기본적 자유의 가장 광범위한 체계에 대하여 평등한 권리를 가져야 한다. 둘째, 사회적·경제적 불평등은 다음과 같은 두 조건을 만족시키도록, 즉 (a) 모든 사람들의 이익이 되리라는 것이 합당하게 기대되고, (b) 모든 사람들에게 개방된 직위와 직책이 결부되게끔 편성되어야 한다."(『정의론』)

첫 번째 원칙은 기본적 권리와 의무를 할당함에 있어 평등을 요구하는 것이다. 반면 두 번째는 재산이나 권력 같은 경제적 정치적 불평등을 허용하되, 그것이 모든 사람 특히 사회의 최소 수혜자 또는 변두리 소수자에게 그 불평등을 보상할 수 있을 정도의 이득이 주어지는 경우에만 정당한 것임을 밝힌 것이다. 그러기 위해서는 직위와 직책 등 삶의 기회들이 온당하게 열려 있어야 한다. 선택할 수 있는 삶의 기회들이 누구에게나 평등하게 주어져야, 공정으로서의 정의에 가까이 갈 수 있다.

흔히 공리주의 원칙으로 알려진 최대 다수의 최대 행복의 문제점을 해결하기 위해 골몰하면서, 롤즈는 최대 행복을 누릴 수 있는 최대 다수에서 배제된 소수자들, 이를테면 노예 상태에서 불평등을 감당하며 행복에서 소외된 사람들, 희망이 봉인된 사람들까지 공정한 정의의 기반 위에서 살 수 있기를 희구했다. 자유주의적인 입장에서 사회주의 관점을 절충한 롤즈의 정의론은 양쪽 모두에서 비판을 많이 받기도 했지만, 제3의 길은 언제나 험난한 법 아닌가. 최인훈의『광장』에서 남한과 북한 체제 모두에서 실망한 이명준이 제3국으로 가는 배에서 투신자살해야 했던 사정 역시 제3의 길의 곤혹에 있지 않았던가.

도처에서 삶의 기회들이 평등하지 않는 상황에 대한 비판이 거세다. 모든 사람에게 삶의 기회가 평등하게 주어지는 공정한 사회를 향한 합리적이면서도 준엄한 실천이 절실하다. 그래야 정녕 희망을 말할 수 있지 않겠는가. (2017. 1. 30.)

애도의 시간을 건너 살아있는 진짜 노래를 부를 수 있을까?

: 자크 프레베르, 「장례식에 가는 달팽이들의 노래」

겨울로 가는 환절기라서 그런지, 부음이 잦다. 예감한 죽음이든, 예기치 않게 찾아온 죽음이든, 죽음 소식은 살아남은 사람들의 옷깃을 가다듬게 하고 마음을 경건하게 한다. 가까운 죽음 특히 육친의 죽음은 그 슬픔의 심연이 한없이 깊어질 수밖에 없다. 인지상정이다. 20세기 그 모진 세월을 살아내신 선친께서 서둘러 생의 마침표를 찍으며 영면에 드셨다. 고인은 가셨지만 자식 입장으로서는 그저 보내들기가 쉽지 않아 울음을 삼킨다. 그럼에도 보내드릴 수밖에 없음을 한탄하며, 문득 이해인 수녀의 시 「하관」을 떠올린다.

"삶의 의무를 다 끝낸/ 겸허한 마침표 하나가/ 네모난 상자에 누워/ 천천히 땅 밑으로 내려가네// 이승에서 못다 한 이야기/ 못다 한 사랑 대신하라 이르며/ 영원히 눈감은 우리 가운데의

228

한 사람// 흙을 뿌리며 꽃을 던지며/ 울음을 삼키는 남은 이들 곁에/ 바람은 침묵하고 새들은 조용하네/ 더 깊이, 더 낮게 홀로 내려가야 하는/ 고독한 작별인사(하략)"

이승에서 못다 한 이야기, 못다 한 사랑이 너무 많기에 죽음을 통한 작별은 허망하기만 하다. 차디찬 땅의 침묵으로 인해, 그 작별인사는 철저히 고독할 수밖에 없다. 그렇게 애도의 슬픔에 사로잡힌 영혼들에게 프랑스의 초현실주의 시인이자 극작가인 자크 플레베르는 위로의 노래를 들려준 적이 있다. 그의 시 「장례식에 가는 달팽이들의 노래」는 이렇게 시작한다. "죽은 나뭇잎의 장례식에/ 두 마리의 달팽이가 조문하러 길을 떠났다네."

어느 맑은 가을날 저녁에 문상 길을 떠났는데, 그들이 도착했을 때는 이미 봄이 되었고, "죽었던 나뭇잎들은/ 모두 부활"한 상태여서 달팽이들은 크게 실망한다. 애도의 실패로 인해 슬픔에 빠진 달팽이들에게 해님은 "이제 상복을 벗"고 "당신들에게 맞는 색깔/ 삶의 색깔을 다시 입으세요"라고 말한다. 죽음을 넘어선 삶의 색깔을 입으라는 해님의 권유에 귀 기울이자 모든 게 변화된다.

"그러자 모든 동물들/ 나무들과 식물들이/ 노래 부르기 시작했네/ 살아 있는 진짜 노래를/ 여름의 노래를 불렀네/ 그리고 모두들 마시고 모두들 건배했네/ 아주 아름다운 밤이었네/ 그러고 나서 달팽이 두 마리는 집으로 돌아갔네/ 집으로 돌아가면서 그들은 아주 감동했네/ 집으로 돌아가면서 그들은 아주 행복했네."

삶과 죽음의 경계를 허허롭게 넘나들던 장자莊子풍의 어떤 경지를 떠올리게 한다. 내면 깊숙한 곳에 침잠해 있는 마음의 소리를 생생하고 자연스럽게 표출하는데 능란한 장기를 보였던 프레베르다운 발상법이다. 실존적 죽음의 빛을 초극하고 자연의 순환 재생 원리에 귀의하고자 하는 것도 우리 내면의 소리임에 틀림없다. 그러나 또 다른 내면의 소리들이 복합적으로 경합하고 있기에, 애도 작업은 결코 간단치 않다. 햄릿이 죽은 아버지-유령의 소리를 듣고 엄청난 실존적 고뇌에 빠지듯이, 파우스트가 죽음을 앞두고 악마 메피스토펠레스와 거래하듯이, 죽음이란 사건은 인간 삶에서 가장 어려운 난제인 것 같다. 단테의 『신곡』에서 비르길리우스를 따라 보여주었던 행복한 죽음에 이르는 길도 아득하기만 하다.

어쨌거나 죽음은 삶을 더 진지하게 성찰하게 한다. 고인의 사랑과 이야기를 기억하며, 살아있는 사람들의 삶에서 고인의 부활이 체현될 수 있기를 소망한다. 그래야 고독한 작별인사의 비애를 조금은 덜 수 있겠기 때문이다. (2017. 11. 13.)

여전히 4월은 가장 잔인한 달인가?

: 텐도 아라타, 「애도하는 사람」

밀레의 그림 「만종」의 원제는 「삼종기도」였다. 만종이 울리면 하던 일을 잠시 멈추고 가엾게 죽어간 이들을 위한 삼종기도를 경건하게 올리게 하셨던 자신의 할머니를 떠올리며 그렸다는 화가의 얘기가 전한다. 그런데 감자 바구니가 실은 관이었다는 이야기도 전해진다. 가난한 시골 농부 부부에게 아이가 있었는데, 가난으로 인해 굶어 죽게 된다. 그러자 부부는 죽어서라도 감자가 나오는 밭에서 잘 먹으라고 감자밭에 묻어주기로 하고 가서 매장하기 전에 아이를 위해 마지막으로 기도를 올린다. 이런 얘기를 들은 밀레가 그림으로 재현했는데, 그것을 본 친구는 너무 침울하다는 반응이었다. 이에 밀레는 관 위에 덧칠하여 감자 바구니로 바꾸었다는 얘기다. 물론 적층이 두터울 수 있는 유화의 특성상 그 텍스트의 심연을 다 헤아리기 어려운 사정에서, 주변의 이런저런 설로 확정적인 진실을 말하기는 쉽지 않다. 어쨌거나 「만종」을 애도의 주제와 관련하여 성찰할 여지는 넉넉하다.

메멘토 모리Memento mori. 주지하다시피 자신의 "죽음을 기억하라" 또는 "너는 반드시 죽는다는 것을 기억하라"는 라틴어다. 생 전체를 관통하는 핵심 주제여서 문학과 예술 일반에서 많이 다루어졌다. 미켈란젤로부터 빈센트 반 고흐 등 여러 화가들이 그린 「피에타」, 르네상스 시기 네덜란드 출신 화가 디르크 바우츠의 「애도」, 그리고 최근 세월호 참사 4주기 프로젝트 영화인 「공동의 기억: 트라우마」, 연극 「내 아이에게」, 「세월호 2018」에 이르기까지 애도의 주제는 무궁무진하다. 일본 작가 텐도 아라타의 『애도하는 사람』도 애도의 생철학적 의미를 진지하게 탐문한 소설이다.

고등학교 때 어처구니없게도 자신이 보는 앞에서 친구가 피살되는 장면을 무기력하게 목격한 아이가 있었다. 친구를 지켜주지 못하고 홀로 살아남았다는 죄책감 때문에 괴롭고 힘들었던 아이는, 1주기 날 현장에 갔다가 "너도 내 죽음을 잊으려고 온 거지? 결국은 다 잊어버릴 거지?" 라는 망자의 목소리를 환청처럼 듣게 된다. 기절하기까지 했던 아이는 그로부터 1년 동안 무척 고통스럽게 지낸다. 그러다 2주기 때 애도하는 사람을 만나게 된다. 직접 망자를 알지는 못하지만 그녀를 위해 애도

한다는 남자는 이렇게 말한다. "그녀에 대한 이야기를 좀 해주지 않겠습니까? 그녀는 누구에게 사랑받았습니까? 누구를 사랑했습니까? 누가 그녀에게 감사를 표한 적이 있습니까?" 그에게 친구의 얘기를 해주면서 아이 또한 속 깊은 애도작업을 수행하게 된다.

애도하는 사람 시카쓰키 시즈토는 생면부지의 죽음을 대면하면서 망자를 다른 사람이 대신할 수 없는 유일한 존재로 기억하고 애도하고자 한다. 그러면서 죽음을 사는 모든 이들 혹은 죽음에로 이르는 모든 이들이, 차별 없이 존재하며 그만큼 사랑받고 존중받아 마땅한 존재들이라는 웅숭깊은 가치를 환기한다. 이런 존재는 다른 이들의 삶에도 영향을 미친다. 누군가 나를 기억해줄 사람이 있다는 것, 그 자체만으로도 삶의 자존감과 가치가 제고되기 때문이다. 작중 마키노도 그런 경우다. '애도하는 사람'의 존재 그 자체가 위안이 된다. "이 사람도 분명 누군가에게 사랑받고, 누군가를 사랑하고, 누군가 무슨 일로 이 사람에게 감사를 표한 적이 있었다고 애도해주겠지? 어디의 누구인지 몰라도 너에게는 분명 좋은 점도 있을 거라고, 열심히 살았을 거라고…… 더할 나위 없이 소중한 사람이 존재했다고…… 기억해주겠지?"

아울러 마키노는 이 세상에 넘쳐나는 죽음을 잊는 것에 대한 죄책감, "사랑하는 이의 죽음이 차별당하거나 잊혀가는 것에 대한 분노" 그리고 "언젠가는 자신도 별 볼일 없는 사망자로 취급당하지 않을까 하는 두려움" 같은 것들이, 애도하는 사람의 의미를 더욱 생각하게 한다는 성찰을 보인다. 4·3, 4·16, 4·19, 이런 날들을 들어 있는 4월. 엘리엇에게 "가장 잔인한 달"이었던 그 4월이 우리에겐 어쩌면 애도의 달인지도 모르겠다. (2018.4.14.)

나는 피해자이기만 할까?

: 이청준, 「흰옷」

잘되면 내 덕으로 여기고, 잘못되면 남 탓하기 쉽다. 이기적 유전자의 측면에서 인간을 보면 자연스러워 보인다. 개인을 합리화하여 그 존재를 지속 가능하게 하는 어떤 원동력처럼 여겨진다. 만약 그런 사람들만이 모여 있다면 세상은 디스토피아를 크게 벗어나지 못할 수도 있다. 그래서 타인을 이해하고 공감하는 연습이 필요하다. 그런데 그게 쉽지 않다. 어떤 보고서에 따르면 인간은 고작 150명 정도에게 공감할 수 있을 뿐이란다.

실천하기 어려워서 그렇지, 사실 우리는 타인을 향한 공감을 위해 내 탓을 먼저 승인하는 연습이 필요하다는 얘기를 많이 들어왔다. 지성적인 작가 이청준은 그것을 '가해자 의식'으로 풀어보려 했다. 민족의 분단과 좌우 갈등의 문제를 다룬 「가해자의 얼굴」(1992)에서 그는 피해자 의식 앞서면 가해와 피해의 악순환에서 벗어날 수 없을 것이라는 생각을 펼친다. 자신을 피해자라 여기며 가해자를 원망하고 보상받기만을 바라는 사람들만 있다면 해묵은 원한을 풀기 어렵다. 반면 의식의 방향을 바꿔 자신도 피해자임을 승인하고 참회와 용서를 구하는 마음을 앞세우면 화해의 가능성이 새롭게 열린다. 상처와 한을 치유하고 행복과 평화의 지평으로 나아가기 위해서는 가해자 의식을 바탕으로 반성해야 한다는 것이 이청준의 핵심적인 사유였다.

이런 맥락에서 씌어진 장편 『흰옷』(1993)은 인상적인 해한解恨의 서사다. 대립과 충돌이 횡행하는 현실에서 용서와 화해, 함께 아파하기, 대신 아파주기, 감싸안기 등을 강조했던 것이 이청준의 문학 윤리가 잘 드러난 이 소설에서 작가는 해방기의 혼돈과 전쟁기의 폭력으로 인해 일그러진 우리네 정신사를 바로 세우려는 예지를 보인다. 남도지방의 버꾸놀이가 전쟁기의 악몽을 거치면서 예전 같은 무한포용의 신명기를 잃고 거친 쇳소리로 변해버린 이야기를 하면서 자유로운 영혼들이 허심탄회하게 어울릴 수 있었던 예전의 신명을 회복하기 위한 진혼을 시도한다. 소설에서 영매자靈媒者는 간절하게 축원한다. 이 땅에서 벌어진 부정하고 불순한 것들을 씻어내고, 이 땅에서 사는 사람들 마음속에 웅크리고 있는 어둡고 더럽고 부정하고 욕된 생각들을 모조리 깨끗이 씻어달라고 말이다. "헛된 이념과 사상의 사슬, 대립과 미움과 원한과 복수의 사슬, 거짓과 속임수와 미망의 사슬"을 끊어 달라고 말이다. 그렇게 해묵은 상처를 어루만지면서 소망스런 꿈을 펼쳐 보인다.

"망자들은 망자의 길을 가게하고, 생자들은 제 생자다운 세월을 살게 하고⋯⋯. 그리고 저 아침풀잎 같은 고운 아이들에겐 저들에게 더 잘 맞는 저들의 노래 속에 소복보다 더 고운 옷을 입고 고운 춤을 추게 하고, 그래서 이쪽이고 저쪽이고 이제는 이 산하가 온통 저들의 행복스런 춤판이 되게 하고⋯⋯. 저들은 아직도 우리들의 소망이요, 꿈이니께. 저들이 이젠 이 땅의 내일의 모습이니께⋯⋯. 그러니 참으로 고맙고 부끄럽구나. 그동안도 저들은 저렇듯 힘차고 곱게 자라주고 있었으니. 우리의 꿈은 옛날에 실패했으되, 그 꿈이 저들에게서 저렇듯 다시 스스로 내일의 문을 열어 건강하고 아름답게 어우러져가고 있으니⋯⋯."(이청준, 『흰옷』)

가해자 의식을 바탕으로 반성할 때 소망스런 미래를 꿈꿀 수 있다는 메시지는 지금, 여기를 사는 우리에게도 많은 생각거리를 제공한다. (2016. 6. 6.)

문제는 희망을 배우는 일인가?

: 에른스트 블로흐, 『희망의 원리』

새해다. 어쨌든 새해는 새로운 가능성으로 다가온다. 누구나 절실하게 새로운 희망을 갈망한다. 그 희망에 대한 갈망이야말로 새해를 새해답게 하는 게 아닐까. 아니 그런 희망에의 추구를 통해 우리 스스로 새로운 가능성을 탐문하고 실천할 수 있는 게 아닐까. 그래서 희망의 철학자 에른스트 블로흐를 우정 떠올린다. 1938년부터 1947년까지 10년에 걸쳐 쓴 『희망의 원리』는 단순히 불안과 고통을 초월하여 새로운 지평을 예감하고자 쓴 책이 아니다. 어둡고 고통스런 현실에서, 그 부정적인 현실 자체에서 긍정적인 계기를 마련하여 아직 도래하지 않은 희망의 가능성을 구체적으로 탐구하고자 한 대작이다. 일찍이 슈펭글러가 『서구의 몰락』에서 '세계 불안Weltangst'이라는 개념으로 도식화했던 세계사를 '희망'으로 대체한 이 책을 일러 J. P. 스턴은 "블로흐 철학의 독창성은 역사, 인류학 인류 현상학의 중심에 '희망'을 놓았다는 데 있다"고 상찬한 바 있다.

"우리는 누구인가? 어디에서 와서, 어디로 향해 가는가? 우리는 무엇을 기대하며, 무엇이 우리를 맞이할 것인가?" 이런 근본적인 질문으로 시작하는 『희망의 원리』를 통해 블로흐는 "문제는 희망을 배우는 일"이라고 강조한다. 두려움이나 체념의 수동성과 달리 희망은, 스스로를 편협하게 가두지 않고 고유한 자신을 되찾으면서 스스로 변모시키는 능동성을 지닌 정서이자 행위이다. 예로부터 사람들은 희망을 통해 더 나은 삶에 대한 가능성을 꿈꾸고 실현해 왔다. 가령 원시인을 떠올려 보자. 블로흐가 예거하는 것처럼 원시인의 주먹으로는 늑대 한 마리도 때려눕히기 어려웠을 것이다. 그러나 아직 발명되지 않았던 도구를 스스로 만들고 불을 활용할 줄 알게 되면서 사정은 달라졌다. 이후 인류사의 발명들은 대개 아직 아닌 가능태를 현실태로 전환하기 위한 갈망에 힘입은 바 컸다. 이런 꿈꿀 권리를 지닌 존재가 바로 인간이며, 그 심연의 원리가 바로 희망이다. 블로흐는 말한다. "기존하는 나쁜 현실에 만족하지 않고, 우리를 체념하게 하지 않는다. 바로 이 다른 부분이야말로 희망의 핵심이다."

어떻게 하면 나와 세계를 더 좋게 변화시킬 수 있는가, 그래서 더 나은 미래를 구현할 수 있는가, 하는 문제는 곧 내일의 양심이나 양식과 관련된 일이며, 그 요체가 바로 희망의 지식이라고 블로흐는 말한다. 아직은 아니지만 무언가를 새롭게 찾을 수 있는 가능성의 나라에서 의식적인 희망을 가지고 지향하는 자세를 강조한다. 다음과 같은 블로흐의 본문을 음미하면서 2017년 새해를 위한 희망의 설계도를 그려보면 어떨까 싶다.

"만일 우리가 정적이며 폐쇄된 존재의 개념과 결별한다면, 희망의 실질적인 차원은 다시 떠오르게 될 것이다. 이 세상은 무엇에 대한 성향, 무엇에 대한 경향성, 무엇에 대한 잠재성으로 가득 차 있다. 바로 그리로 향하는 의지의 대상은 곧 의도하는 행위의 실현과 다를 바 어디 있겠는가? 우리는 참담한 고통, 두려움, 자기 소외 그리고 무를 떨쳐 버리고, 자신에게 적합한 세계를 창출할 수 있게 될 것이다. 이러한 경향성은 마치 강물의 맨 앞 줄기의 흐름처럼 '새로운 무엇'의 맨 앞에서 서성거리고 있다. 바로 '새로운 무엇'이야말로 실질적인 방향 및 그 대상을 근본적으로 규정해 주는 것이 아닐 수 없다. 주어진 현실적 대상은 '새로운 무엇'을 두 팔로 안고 있는 사람들을 앞으로 불러낸다."(『희망의 원리』)(2017.1.3.)

Légende dorée (Golden Legend) Armand Point 1897 (France, 1860~1932)

5 무의미의
의미와 환대

고귀한 복수는 가능한가?

: 도스토예프스키, 『죄와 벌』

    복수의 이야기라면, 서양에서는 으레 그리스 신화의 오레스테스를 거론한다. 그의 아버지 아가멤논이 트로이 전쟁에 나가 싸우는 동안 어머니 클리타임네스트라는 아이기스토스와 불륜에 빠져, 전쟁에서 돌아온 남편을 살해한다. 누나인 엘렉트라는 어린 동생을 외숙인 포키스 왕 스트로피오스에게 보내며, 아버지의 죽음을 기억하라고 각인시킨다. 외사촌 필라데스와 우애 있게 자라며 성인이 된 오레스테스는 부친을 살해한 자들에게 복수하라는 신탁을 받고, 필라데스와 함께 미케네로 간다. 그곳에 있던 누이 엘렉트라와 더불어 어머니 클리타임네스트라와 정부 아이기스토스를 죽인다. 복수를 했지만 오레스테스는 평생을 존속살해의 굴레에서 자유롭지 못했다. 마지막 순간에 어머니가 젖가슴을 풀어헤쳐 보이며, 네게 먹였던 젖이라며 살려달라고 간청했지만 싸늘하게 외면했던 오레스테스였다. 오이디푸스 이야기만큼이나 비극적인 운명극이다.

도스토예프스키의 『죄와 벌』에서 라스콜리니코프는 가난 탓으로 대학 공부를 중도에서 포기할 수밖에 없었다. 그는 지저분하고 비좁은 자기 방에 틀어박혀 기묘한 범인-비범인 이론을 고안한다. 선택된 소수자인 비범인은 세상을 개혁하기 위해서 현실적 장애물을 딛고 일어설 수 있는 당당한 권리를 지닌다고 생각한다. 비범인인 자신의 앞날을 빛내기 위해서는 이 세상에 백해무익한 범인 한 사람쯤은 희생시켜도 괜찮다며, 돈을 빌려주고 비싼 이자나 챙겨서 가난한 사람들의 피를 빨아먹고 사는 고리대금업자 노파를 전혀 무가치한 인간으로 단정하고, 그녀와 여동생까지 살해하고 만다. 논리적 관념의 세계에서 도출된 복수의 드라마는, 인간은 '사랑하는 존재'라는 사실로부터 멀어진 결과만을 낳는다.

손창섭의 『낙서족』에서 박도현도 어느 정도 라스니콜리코프를 흉내낸다. 일제말 암흑기에 "조국 광복에 헌신하고 있는 독립투사의 아들"이라는 과중한 부채의식을 지녔던 그는 일본에 복수한다는 명분을 내세우며 일본인 여성 노리꼬를 강간하여 임신시킨다. 하숙집 주인 여자가 그를 고발하려 든다는 말에 그녀 또한 겁탈한다. 이 모든 일에 그는 죄의식조차 느끼지 않는다. 오히려 일본에 대한 복수라며 정당화하려 든다. 라스콜리니코프에게 소냐가 있었다면, 도현에게는 상회가 있었다. 그녀는 말한다. "왜 그런 엉뚱한 복수를 하시려는 거예요. 하느님이 아끼시는 한 인간의 영혼에 상처를 입힐 권리는 도현씨에겐 없으셔요. 복수란 오직 악마에게 대해서만 허락되는 최후의 수단이에요. 순진하고 무력한 한 여자를 유린하는 게 어째서 명분 있는 복수예요?"

김기덕 감독의 영화 「피에타」 역시 끔찍한 복수의 드라마였다. 증오는 가혹하다. 보들레르가 일찍이 갈파했듯이 증오의 물통은 그 바닥을 알 길 없다. 증오를 가지고 복수를 하려 하면 할수록 증오의 갈증은 깊어만 간다. 하여 보들레르는 행복한 술꾼은 다행히 취하여 잘 수 있지만, 증오는 식탁 아래서도 잠을 이룰 수 없는 비참한 운명으로 태어났다고 적었다. 증오는, 도스토예프스키가 응시했던 생명의 원천으로서 사랑하는 마음을 황폐하게 만든다. 다른 사람을 위해 숨겨 놓은 그 마음을 열지 못하게 한다.

보복 운전에서 브뤼셀 테러에 이르기까지 복수의 드라마는 여전히 현재진행형이다. 예로부터 스페인 사람들은 말했다. 복수의 쾌감은 일시적이지만 용서로 얻어지는 기쁨은 영원하다고. 부활절 주간을 보내면서 가장 고귀한 복수는 관용과 용서라는 옛 덕목을 거듭 반추해 본다. (2016.3.25.)

환대는 없는가?

: 데리다, 「환대에 대하여」

어릴 적 시골 풍경을 회상할 때 떠오르는 장면이 있다. 손님이 오가는 풍경이다. 요즘처럼 통신망이 발달하지 않은 때여서, 초청했거나 예약한 손님보다 불청객이 더 많았던 것 같다. 불청객의 방문은 여러 사연이 있었겠지만, 어머니께서는 늘 환대하며 떠날 때 여비까지 챙겨주셨다. 때때는 친척이나 친지가 아닌 불청객도 적지 않았다. 한쪽 팔이나 다리가 없는 상이용사나 한센병 환자들 혹은 구걸하러 다니는 걸인들…… 그들은 대개 어깨에 멘 자루를 대문 안쪽으로 우정 밀어 넣기 일쑤였다. 그러면 쌀이든 보리든 그 자루에 일용할 양식을 보태주어야 했다. 어머니께서 의무감으로 보태주셨는지, 연민으로 더해주셨는지 확실치 않지만, 어린 나에게는 그 나그네들이 대체로 무서운 모습으로 다가왔기에 거의 강제적으로 환대를 하지 않으면 안 될 것으로 생각했다.

일이 많아 주말 밤늦은 시간까지 연구실에서 작업을 하는 경우가 종종 있다. 대개는 마감에 쫓기는 시간들이다. 그런데 느닷없이 잡상인이 노크하거나 학생들이 찾아오는 경우가 있다. 늘 자비로우셨던 어머니를 따라갈 수 없는 나는 그럴 때 참 난감해진다. 그 손님을 환대할 마음이 가난한 까닭이다. 내 시간을 손님에게 나눠주기 싫기 때문이다. 관용의 미덕을 외면하고 가능하면 서둘러 손님을 내보내고 싶어 한다. 그 순간 환대는 없다. 손님의 처지를 충분히 헤아리지 못한 채 나의 상황에만 빠져 환대하지 못하는 나는 필경 산문적인 인간일지 모른다. 그럴 때 "환대 행위는 시적일 수밖에 없다"고 했던 자크 데리다를 떠올린다.

데리다는 현대의 생활세계에서 진정한 의사소통을 위해 타인에 대한 관용을 중시했던 하버마스를 넘어서 환대를 강조한다. 관용도 중요한 미덕이지만, 관용에는 권력을 쥔 편의 시혜적인 느낌이 강하기 때문이다. 권력자의 선한 얼굴을 떠올리게 하는 관용에는 일정한 선을 넘어서는 안 된다는 문턱이 존재한다. 이 관용의 문턱을 해체하고 데리다는 무조건적 환대 혹은 절대적 환대를 내세운다. "도래자에게 자신의 자기-집과 자기 전체를 줄 것, 그에게 자신의 고유한 것과 우리의 고유한 것을 주되 그에게 이름도 묻지 말고 대가도 요구하지 말고 최소의 조건도 내세우지 않을 것.”(『환대에 대하여』)

초대하여 베푸는 조건적 환대는 실천 가능하지만, 초대하지 않은 방문자를 무조건 환대해야 하기에, 데리다 스스로도 실천 불가능할 수 있다고 본다. 그럼에도 무조건적 환대를 강조하는 것은 '도래할 민주정'에의 기대 때문이다. 환대라는 주제를 위해 이방인 문제를 먼저 다룬 데리다는, 이방인에게 문호를 완전히 개방하여 진실로 환대하지 않는 생색용 관용만으로는 진정한 민주정에 이를 수 없다고 생각한다. 그래서 그가 누구인지 묻지 말고 대가도 바라지 말고 자기 것을 모두 내주는 무조건적 환대가 그토록 중요하다.

여러 이민족들의 교섭과 갈등이 빈번했던 유럽의 전통을 잘 아는 데리다가 이방인의 주제를 민감하게 다루며 환대를 강조한 것은 결코 우연이 아니다. 단지 과거의 역사가 아니라 현재의 문제이며 미래의 소망을 함축하는 것이기 때문이다. 브렉시트에서 유럽 곳곳의 테러 현장 풍경을 보면서 이방인과 환대에 대한 데리다의 관심에 거듭 눈길이 간다. 물론 그의 말대로 무조건적 환대는 당장 실현 가능한 게 아니다. “환대는 없다.” 그러나 진실한 평화를 위한 '환대 연습'은 요긴하다. (2016.7.31.)

Thomerama Lesende Kvinne (Reading Woman), 1886. Even Ulving (Norwegian, 1863-1952)

삶이 속일지라도 슬퍼하거나
노하지 않을 수 있을까?

: 푸슈킨, 「삶이 그대를 속일지라도」

모스크바의 아르바트 거리에 가면 얼핏 서울의 인사동 풍경
이 떠오른다. 러시아에서 가장 아름다운 성당으로 손꼽히는 성
바실리 성당에서 그리 멀지 않은 아르바트 거리는 러시아의 옛
전통적 건물들에 다양한 갤러리와 전통적 상가들, 그리고 수많
은 연주자와 화가들이 운집해 몰려오는 관광객들을 맞는다. 고
려인 가수 빅토르 최를 추모하는 추모벽도 젊은이들의 관심을
끌지만, 무엇보다도 아르바트 거리는 러시아를 대표하는 문호
고골리와 푸슈킨의 문학의 꿈을 키우고 실천했던 장소다. 실제
로 푸슈킨이 신접살림을 했던 집을 개조한 박물관에 들어가면
안타깝게 요절한 불세출의 시인의 내면 풍경을 헤아리는 데 도
움이 될 만한 자료들이 많이 있다. 그 앞의 푸슈킨 동상에서 사
진을 찍는다는 것은, 그럼에도 살아야 한다는 생 의지를 북돋우

던 시인과 교감하는 일에 속한다.

러시아의 국민시인 알렉산드르 세르게예비치 푸슈킨 (1799~1837)은 불안하고 두려운 현실에서도 인간 영혼의 본성을 무던히 신뢰하며 삶을 긍정하려 했다. 그의 시는 고통스럽고 절망적인 상실의 시대와 대결하며 희망의 지렛대를 구하려는 시혼과, 시린 이별의 정황에서 재회의 기쁨을 추구하려는 의지 등으로 보석처럼 빛난다. "나의 길은 우울하다. 미래라는 일렁여진 바다는/ 내게 고난과 슬픔을 약속"함에도 불구하고, 시인은 죽고 싶지 않다고, 살고 싶다고 말한다. "생각하고 아파하기 위해" 그리고 "비통과 근심과 불안 가운데/ 기쁨도 있으리라는 것을"(「비가」) 알고 있고 믿고 있기 때문이다. 인생의 고통과 아픔까지도 사랑하려 했던 푸슈킨이었기에, 난세에 불안하게 몸부림치는 이들을 위한 영혼의 노래를 부른다.

"삶이 그대를 속일지라도/ 슬퍼하거나 노하지 말라!/ 우울한 날들을 견디면/ 믿으라, 기쁨의 날이 오리니// 마음은 미래에 사는 것/ 현재는 슬픈 것/ 모든 것은 순간적인 것, 지나가는 것이니/ 그리고 지나가는 것은 훗날 소중하게 되리니"(「삶이 그대를 속일지라도……」)

예전에 이른바 이발소 액자시로도 유명했던 이 시는 고난과 우울과 불안에 처한 사람들을 위한 보편적인 위로의 노래다. 푸슈킨 또한 결코 녹록치 않은 삶을 견뎌야 했다. 전제 왕정

의 폭력적 상황에서 자유를 갈망하는 젊은이들이 고난에 처해
야 했고, 그의 가족 상황 또한 소망과는 다른 방향으로 전개되
기 일쑤였다. 궁정 귀족들은 그를 몹시 싫어했고, 동료 문인들
의 질시 또한 만만치 않았다. 그가 서른여덟이라는 젊은 나이
에 세상을 등진 것도 아내 나탈리아의 염문 때문이었다. 자신
과 가족의 실추된 명예를 회복하긴 위한 결투에서 마지막 숨을
몰아쉬기까지 그는 오로지 현실이라는 불안의 늪을 건너 소망
스런 미래를 견지하고자 했다.

삶에 서둘러 절망하여 자살하거나 혹은 자살에 이르지 못해
촉탁 살해를 부탁하는 사례들이 많다는 기사들이 푸슈킨을 떠
올리게 한다. 어린 아이를 학대하고 치사케 한 몇몇 부모들의
이야기를 들으면서도, 우리는 푸슈킨을 생각하게 된다. 미래를
도모하지 못하게 하는 가난한 마음들을 위로하려 했던 시인이
바로 그였기 때문이다. 성경의 한 대목을 연상케 하는 다음 구
절은, 함께 읽으며 근심 많고 슬픈 현실을 넘어설 수 있는 영혼
의 벼리를 더불어 모색해 볼 일이다. "일어나라, 예언자여, 보라
그리고 들으라,/ 나의 뜻을 행하라,/ 바다와 땅을 떠돌며 너의
말로써/ 사람들의 마음을 불태우라"(「예언자」) (2016.3.14.)

뱀장어처럼 미끄러우면 쉽게 출세할 수 있을까?

: 발자크 「고리오 영감」

　　나폴레옹 동상 앞에서 "이 사내가 칼로 시작한 것을 나는 펜으로 성취하겠다"고 결의한 사내가 있었다. 이 야심만만한 사내는 그 맹세를 실천했다. 19세기 프랑스 사회사를 소설로 쓰겠다는 의도로 100여편의 소설을 묶어 『인간희극』으로 집대성한 것이다. 바로 프랑스 사실주의의 시조로 불리는 발자크였다. 자본주의 초기의 경제 현실과 인간 행동을 묘파하는데 장기를 보여 '돈의 시인'으로 불리기도 했던 발자크의 대표작인 『고리오 영감』 역시 돈과 욕망의 파노라마다.

　　한편으로는 나폴레옹 전성기 때 큰 돈을 벌어 백만장자가 되었던 고리오 영감의 벼락 출세와 몰락, 그리고 부성애父性愛 이야기를 다루면서, 다른 한편에서 라스티냐크라는 청년의 출세 욕망과 타락의 문제를 예리하게 형상화한다. 라스티냐크는 시골 귀족 출신이지만 매우 가난한 파리의 법대생이다. 그는 한마디로 야망의 상징이다. 파리에서의 입신출세를 도모하는 야심가이다. 신분적 경제적으로 상승 운동을 도모하는 라스티냐크의 곁에 보트렝이라는 반항아가 있다. 그는 라스티냐크의 출세욕을 간파하고 "너와 같이 무일푼의 인간이 빨리 입신출세하려면 손에 때를 묻혀야 한다"든지 "성공이야말로 미덕이다"라든지 하는 조소적 반항의 철학으로 시골 출신 청년을 교육시킨다. 이런 보트렝의 악마적 거래 방식을 라스티냐크가 바로 수락하진 않지만, 점차로 "영웅적 양심"을 상실하고 타락해간다.

확실히 이 소설에서 라스티냐크는 19세기 부르주아 사회에서 입신출세를 꿈꾸는 청년의 전형이다. 그런 까닭에 동시대의 『적과 흑』(스탕달)의 쥘리앙 소렐, 『감정교육』(플로베르)의 프레데리끄 모로와 비교되곤 한다. 하지만 이 두 인물과는 달리 라스티냐크는 대단히 이중적인 면모를 보인다. 선과 악 그 어느 편에도 서 있지 않으면서 적당히 타협하여 성취를 거둔다. 발자크의 이후의 작품에 다시 등장한 라스티냐크는 출세를 거듭해 부자가 되고 1830년 이후 정계로 진출하여 마침내 법무장관이 되고 상원의원이 된다.

이렇게 세속적으로 출세하는 인물인 라스티냐크가 그 성공 비결을 교육받으면서 성장하는 이야기가 문제적이다. "뱀장어처럼 미끄러우니까 쉽게 출세할 것입니다"라는 말을 듣는 라스티냐크는 현실 상황에 대해 뛰어난 통찰력과 적응력을 보이며 때때로 악마저 받아들인다. 일찍이 반항아 보트렝은 라스티냐크에게 "세상에 법이란 없다. 그때그때의 상황들이 있을 뿐이다"라고 말한 적이 있다. 라스티냐크는 상황을 자기 식으로 끌어들여 기막힌 성공을 거둔 대표적인 사례다.

봉건시대의 끝자락과 자본주의 시대의 앞자락의 상황을 라스티냐크라는 전형적으로 환기한다. 자본주의 시대의 타락한 행위의 교과서를 미리 펼쳐 보인 셈이다. 라스티냐크 이후 두 세기의 시간이 흘렀다. 그때와는 다른 자본주의 시절인 것처럼 보이기도 하지만, 아직도 사회면 뉴스에서 라스티냐크의 후예들을 자주 목도하는 것은 과연 어쩔 수 없는 일일까? 법의 정의도 경제 민주화도 아랑곳하지 않고 뱀장어처럼 미끄러운 인사들, 여전히 상황 논리를 앞세우고 성공이 미덕이라며 과정의 진실을 무시하고 반성을 멀리 하는 경우를 보면서, 라스티냐크를 떠올리는 것은 결코 유쾌한 일이 못된다. 그럼에도 발자크의 천재성에는 새삼 경의를 표하게 된다. 오랜 세월 두고두고 상기되는 인물을 그려냈기 때문이다. (2016.7.10.)

나의 회복력 지수는?

: 캐런 레이비치, 앤드류 샤테, 『회복력의 7가지 기술』

낙화난상지落花難上枝. 한번 진 꽃은 다시 피기 어렵다는 뜻으로, 중국 선종사서의 하나인 『전등록』에 전한다. 깨어진 그릇을 다시 붙이기 어려운 것처럼, 한번 저지른 일은 다시 돌이킬 수 없음을 이르는 말이다. 그럴 터이다. 떨어진 꽃을 어찌 다시 가지에 붙일 것이며, 엎질러진 물을 어떻게 주어 담을 수 있으랴. 그럼에도 사람살이의 일은 그보다는 훨씬 복합적인 것이어서, 우리는 스스로 질 좋은 스펀지나 용수철, 범퍼 같은 것을 지녀 가질 수 있기를 소망한다. 그러니까 어떤 외적 충격을 받아 수축되는 사태가 생기더라도, 그러니까 어떤 충격이나 절망적 사태를 당하더라도 탄력적으로 회복할 수 있는 힘을 넉넉하게 가졌으면 하는 것이다. 가령 이런 이야기가 있다.

1979년 메릴랜드 주에서 어린 딸을 태우고 운전하던 신디 램

브는 충돌 사고를 당한다. 상습적 음주 운전자였던 상대는 당시 시속 190킬로미터 이상의 미친 속도로 달려왔다. 이 사고로 고작 다섯 살이던 딸은 전신마비가 되고 만다. 얼마 후 캘리포니아 주에서도 음주 운전 사고가 발생한다. 이미 두 차례 음주 유죄선고를 받았지만 여전히 유효한 운전면허증을 가졌던 음주 운전자는 시골길에서 학교 축제장으로 걸어가던 열세 살 아이를 치어 사망케 했다. 그럼에도 그 아이의 엄마 캔디스 리트너는 경찰로부터 그 운전자가 감옥 가는 일은 없을 거라는, 시스템이 원래 그렇다는 얘기를 듣게 된다. 두 사건 다 어처구니없는 사고여서, 그런 충격적인 일을 당하면 흔히 가해자를 비난하고 세상에 적의를 품은 채 우울증에 시달리는 경우가 많다. 그런데 그 두 엄마는 그렇게 하지 않았다. 둘은 1981년 음주 운전에 반대하는 어머니 모임을 만들어 음주 운전 예방 캠페인을 벌이기 시작했다. 그 후 20년 넘게 미국 내에 660개 지부와 캐나다 영국 호주 등 해외 지부도 운영하는 등으로 예방 활동을 적극적으로 펼쳐왔다. 이 두 엄마는 "내면의 역량을 발휘하여 충격적인 역경을 딛고 일어섰고, 슬픔을 초래한 원인을 없애는 전 세계적인 운동으로 승화"시킨 사례라고, 회복력의 전문가인 캐런 레이비치와 앤드류 샤테(펜실베니아대 교수)의 『(인생의 역경을 가볍게 극복하는) 회복력의 7가지 기술』은 보고한다.

이 책에 따르면 역경에 효과적으로 끈질기게 대응하며 극복하는 힘이 회복력이다. 심리적 근육을 단련시켜 주는 도구이기도 하다. 저자들은 감정 조절, 충동 통제, 낙관성, 원인 분석, 공감, 자기 효능감, 적극적 도전 등 7가지 회복력 지수를 내세워 분석하면서, 회복력을 높이는 비결은 단지 긍정적 사고가 아니라 유연하고 정확한 사고임을 강조한다. 생각하는 방식을 바꾸어 역경을 딛고 일어서고 적극적으로 도전하다보면 자기를 새롭게 발견할 수 있을 뿐만 아니라 삶의 의미도 새롭게 열어나갈 수 있을 것이라고 말한다. "회복력은 일종의 마음가짐으로서, 새로운 경험을 추구하고 자기 삶을 아직 제작 중인 미완성 작품으로 바라보게 한다. 긍정적이고 진취적인 탐험가 정신을 자아내고 지지해 준다. 또한 자신감도 부여한다. (중략) 더 멀리 도전함으로써 삶은 더욱 풍요로워지고 타인과의 관계는 더욱 깊어지고 자기 세계는 더욱 넓어진다."

어느덧 연말이다. 정초의 희망이나 포부와는 달리 이런 역경, 저런 상처도 많았을 것이다. 한 해를 마무리하면서 그 역경은 물론 특히 그 역경에 대처했던 나의 방식에 대해 반추하게 된다. 힘든 역경에 처했을 때 용수철처럼 탄력성을 보일 수 있었는지, 그런 내면의 힘을 키우며 살아왔는지 생각하게 되는 때다. "나를 죽이지 못한 것은 나를 더욱 강하게 만든다."고 했던 니체의 시 「알바트로스」의 한 구절을 떠올리며, 회복력에 대한 성찰과 단련으로 송구영신의 시간을 보내는 것도 의미 있는 일이 되지 않을까 싶다. (2018.12.9.)

A Pleasant Corner (1865) John Callcott Horsley (English, 1817~1903)

무의미의 의미는?

: 박민규, 「삼미 슈퍼스타즈의 마지막 팬클럽」

한 마리의 참새가 떨어지는 것에도 특별한 신의 뜻이 있다고 한 이는 셰익스피어였다. 『햄릿』의 이 구절을 굳이 떠올리지 않더라도, 인간은 언제나 의미 지향의 존재였다. 어떤 사태나 사물 앞에서 멈춰 서게 된다면, 그 안에 깃든 의미 때문이다. 꽃이 피어나도 그 앞에 멈춰 서 바라보고 발견하지 않으면 아무런 의미도 없게 된다. 가을 단풍의 황홀경도 마찬가지다. 의미를 발견하고 심화하기 위해 멈춰 성찰하는 것, 그 의미에의 의지가 곧 삶이라고 여기기도 했다. 그것을 통해 삶과 세계를 변화시키는 힘을 발견하기도 하고, 목적이 이끄는 삶의 희망을 알기도 했다.

"산다는 것, 그것이 예술입니다"라고 했던 릴케는 한때 삶에 대한 회의가 깊었던 시인이다. 그러다 그는 삶을 사랑하는 길로 접어들며 존재 탐구의 시인이 된다. 『피렌체 일기』에서 그는 "이제 나는 어찌 되었든 삶을 사랑할 것이다. 그 삶이 풍요롭건 가난하건, 광활하건 협소하건 내게 주어진 양만큼 삶을 부드럽게 사랑하고 내가 가진 모든 가능성이 내 내면 깊은 곳에서 성숙하도록 만들 것이다."라고 적었다. 그는 다른 사람들이 기대하는 그런 행복이 중요하다고는 생각하지 않았다. 그러나 "목적의식이 있는 일을 통해 스스로 일하기 시작하는 힘을 일깨울 때 느껴지는 이런 고단한 행복을" 발견하고 거기서 의미에의 의지를 추동했다. 삶 자체가 힘든 것이기에, 더 힘든 일도 덜 힘든 일도 없다고 했다. "우리에게 필요한 것은 힘든 것을 사랑하고 그 힘든 일과 어울려 지내는 법을 배우는 것입니다. 힘든 일 속에는 다정한 힘이 있습니다. 우리를 이끌어 주는 손이." 그러면서 힘든 일을 사랑하는 것이 삶의 의무라고 적었다.

그런데 꼭 그런 의무를 질 필요가 있겠느냐는 반론도 만만치 않다. 가령 『삼미 슈퍼스타즈의 마지막 팬클럽』에서 박민규가 내세운 야구미학도 그런 경우다. "프로는 끝없이 자신을 개발한다. 프로는 능력으로 말한다. 프로는 잠들지 않는다. 프로만이 살아남는다"며 당연히 우승을 목표로 사투를 벌이는 다른 팀들과는 달리 삼미 슈퍼스타즈 팀은 "치기 힘든 공은 치지 않고, 잡기 힘든 공은 잡지 않"았다는 것이다. 그런 야구처럼 소설의 주인공도 힘들지 않게 적당히 일하고 적당히 먹으며 살겠다고 말한다. 그는 한때 가정을 버려야 직장에서 살아남는다는 약육강식의 세계에 적응하기 위해 열심히 일했지만, 가정과 직장 모두를 잃게 된 인물이다. 이 삼미 팬은 그저 달리기만 하기에는 우리의 삶 너무나 아름다운 것이라고, 인생의 숙제는 따로 있다고 생각하게 된다. "필요 이상으로 바쁘고, 필요 이상으로 일하고, 필요 이상으로 크고, 필요 이상으로 빠르고, 필요 이상으로 모으고, 필요 이상으로 몰려 있는 세계에 인생은 존재하지 않는다."

2003년에 박민규가 그린 이 캐릭터는 이른바 '무민세대'의 초기 형상이었던 것 같다. 無(없을 무)와 mean(의미)을 합성하여, '무의미에서 의미를 찾는 세대'를 일컫는 무민세대에 대해서 우리는 결코 쉽게 말할 수 없다. 가능성과 희망이 많이 줄어든 상황, 좋은 일자리는 별로 없고, 아무리 '노오력'해도 취직할 가능성도 희박하고, 설령 어렵사리 일자리를 구했다고 하더라도 너무 힘들고 스트레스 많고, 그러니 대충 살며 '소확행'을 챙기자는 반어적 태도에서 새로운 인생의 숙제를 발견한다. 견딜 수 없는 존재의 무거움을 내려놓고 가볍게 탈주하려는 무민세대 앞에서 우리는 오래 멈춰 서게 된다. 그 무의미의 의미를 결코 가볍지 않은 마음으로 성찰해야 하겠기에 말이다. (2018.10.14.)

실어증을 어떻게 치유할 것인가?

: 김중혁, 「엇박자 D」

　　노벨문학상 수상작가 르 클레지오의 청년기 작품『홍수』를 보면, 안개와 폐허의 장벽 뒤에서 "잃어버릴 수밖에 없었던 낙원"을 응시하는 장면이 나온다. 조화롭고 아름다운 공간이었다. 미묘하면서도 아련한 희열을 주던 장소였다. 그런데 인간은 결정적이고 급속하게 그 낙원을 상실하게 된다. 실낙원의 증후는 여러 스펙트럼을 형성하지만, 그 중 "소리"들이 "소란"으로 변했다는 대목에 눈길이 오래 머문다. "말[言語]들은 그 광란의 무용을 다시 시작했다. 말들은 서로 얽히고 덧붙여지고, 분할되고 하는 것이다." 말의 광란은 매우 심각한 지경이다. 말은 인간의 정신을 넘어서고, 정신은 말을 따라가지 못한다. 소란한 소리로부터 인간의 소외 양상은 깊은 그림자를 드리운다.

　　말들은 "계속 이어지고 거대해지는데, 정신은 그만 십분의 일 초가 부족하여 정신이 그 의미를 파악할 수 없게 되어 버리고 이윽고 그 말은 수많은 불균형이 폭발한 후에 무(無)의 심연으로 빠져 들어가, 광란(狂亂)과 밤과, 소리가 울려 퍼지는 야수 같은 선풍 속으로 곤두박질치는 것이다." 하여 "한층 더 은밀하고 더 굉장한 말들"은 존재의 리듬을 일그러뜨린다. 소리의 소란과 언어학대로 인해 주인공은 마침내 말을 잃게 된다. 실어증은 인간관계에 대한 작가의 부정적 인식을 극적으로 표상한다.

그 실어증을 어떻게 치유할 것인가? 작가 김중혁은 그런 고민을 했던 작가 중 하나다. 가령 「엇박자 D」라는 소설도 그런 경우다. '엇박자 D'라는 별명으로 불리는 아이가 있었다. 음치에 가까워 박자를 제대로 맞출 수 없었던 그 때문에 학창 시절 합창 공연은 엉망이 되고 만다. 그 사건으로 엄청난 상처를 지니게 된 인물이다. 무성영화 전문가로 성장한 그는 공연 기획자인 '나'와 함께 무성영화와 음악을 리믹스한 공연을 한다. 공연의 끝에 그는 회심의 리믹스 작품을 관객들에게, 특히 학창 시절 합창을 같이 했던 옛 친구들에게, 선사한다. "22명의 음치들이 부르는 20년 전 바로 그 노래"라고 '엇박자 D'가 말하고 있거니와, 한 사람의 소리가 둘, 셋, 넷, 다섯 사람의 소리로 바뀌면서 합창이 되는데, 합창이라고 하기에는 서로 음도 박자도 맞지 않지만 잘못 부르고 있다는 느낌도 들지 않는, 그런 노래였다.

'나'는 그 노래가 매우 아름답고 절묘하게 어우러졌다고 느낀다. "아마도 엇박자 D의 리믹스 덕분일 것이다. 22명의 노랫소리를 절묘하게 배치했다. 목소리가 겹치지만 절대 서로의 소리를 해치지 않았다. 노래를 망치지 않았다." 각각의 소리가 어느 한 곳으로 귀속되거나 구속되지도 않고, 그렇다고 다른 소리를 해쳐 어설픈 혼돈의 도가니를 만들지도 않은 절묘한 상태가 아닐 수 없다. 치유는 그렇게 이루어진다. 각각의 소리가 주인이면서 동시에 손님이었다. 서로 환대하고 호응하면서 새로운 융합의 생명을 길어 올렸다. 각각의 생명과 전체로서의 생명이 어울리며 다시 태어나는 느낌을 받는다. 합창이면서 독창이고, 독창이면서 합창인 이 세계는, 부조화의 리듬을 통해 새로운 생명력의 리듬의 형성 가능성을 암시한다. 말과 소리의 광란으로부터 어떤 탈주로를 열어 준다.

안타깝게도 도처에서 실어증의 증후가 넘실댄다. 어처구니없는 '갑'질로 속수무책인 수많은 '을'들의 이야기가 낙엽처럼 뒹군다. 큰 목소리의 광란이 줄어들고, 실어증에 가깝게 말하지 못하던 이들이 제 목소리를 내며, 새로운 리믹스의 지평을 열 수 있을까. '따로-더불어' 새로운 리듬을 리믹스해 나갈 수 있다면, 상징적 실어증의 치유 가능성은 제법 높아지겠다. (2018. 11. 8.)

The Green Dress. Elanor Colburn (American, 1866-1939)

행복을 기다려야만 하는 지겨움을
어쩌면 좋을까?

: 김애란, 「호텔 니약 따」

　"힘든 건 불행이 아니라…… 행복을 기다리는 게 지겨운 거였어." 김애란의 소설 「호텔 니약 따」에서 한 젊은이는 그렇게 말한다. 오래 사귀었던 여자친구와 헤어진 상태였다. 그에게 어느 날 상대를 확인할 수 없는 국제전화가 걸려온다. 얼마 전 결별한 서윤으로부터였다. 그녀는 당혹스런 질문을 던진다. "너 나 만나서 불행했니?" 느닷없기도 하려니와 바로 응하기 곤란하다. 경민은 나지막이 답한다. 불행한 것은 아니었다고, 다만 행복을 기다리는 게 지겹고 힘겨웠다고. 특별할 것 없어 보이는 이 대화가 오래 귓가를 맴도는 건 왜일까. 소설은 두 청춘 남녀 관계 중심의 이야기가 아니었다. 잠시 끼어든 삽화에 불과한 장면임에도 경민의 목소리가 그토록 울림이 깊은 것은 비단 그만의 목소리에서 그치는 게 아니기 때문이다. 경민은 물론 그 동세대 많은 젊은이들의 어떤 목소리들이 도돌이표처럼 메아리치는 형국인 까닭이다. 가망 없는 희망 때문에 속수무책인 안타까운 상황에서 울음처럼 나온 그 우울한 목소리를 어찌 그냥 지나칠 수 있겠는가.

「호텔 니약 따」에서 서윤의 옛 남자친구 경민이, 어떤 처지에서 어떤 행복을 기다렸는지는 구체적으로 헤아리기 어렵다. 다만 그는 아직 행복을 소망해야 하는, 혹은 준비해야 하는 상황에 놓여 있고, 그 행복에의 욕망은 여전히 미끄러지다 못해 오히려 악화일로에 빠져들어, 젊은 청춘의 사랑 하나 제대로 품을 가슴조차 지니지 못한 신산한 상태라는 것을 유추할 수 있을 따름이다. 그 다음 장면에서 서윤이 동행한 친구 은지에게 백석의 시 「남신의주유동박시봉방」을 얘기한다. 백석의 화자는 아내도 집도 없는 사내였다. 추운 겨울날 목수네 헛간에 들어 자신의 불우한 처지를 생각한다. "나는 내 뜻이며 힘으로, 나를 이끌어가는 것이 힘든 일인 것을 생각하고,/ 이것들보다 더 크고, 높은 것이 있어서, 나를 마음대로 굴려가는 것을 생각하는 것인데" 같은 시구에서 명료하듯 사내의 "어지러운 마음"에는 "슬픔"이나 "한탄" 따위가 앙금처럼 가라앉아 있었다. 한없이 속절없는 자신의 처지와 그런 주체를 압도하는 가공할만한 대타자의 억압 사이에서 비탄의 앙금은 심연처럼 깊어지고, 그 심연에서 역설적으로 인식의 의지적 지평을, 백석의 화자는 마련하고자 했다. 드물게도 "굳고 정한 갈매나무라는 나무를 생각하는 것"이 바로 그것이다.

서리鼠李라고도 불리는 갈매나무는 비교적 추위를 잘 견딘다. 북부지방 사람들에게는 세한歲寒 시절의 벼리가 될 만한 나무로 받아들여졌던 것 같다. 그래서 백석의 화자는 "굳고 정한" 영혼의 푯대처럼 보이는 갈매나무와 그렇지 못한 자신의 차이를 반성하면서, 갈매나무의 영혼으로 자신을 단련시켜 세한의 시절을 견디려 했다. 그러나 김애란이 응시한 젊은 영혼에게는 "갈매나무"라는 장치마저 준비되어 있지 않은 것 같다. 갈매나무마저 품을 수 없는 처지에서 행복을 마냥 욕망해야 하는데, 그에 반비례하여 비행운만 가중되는 형국이라면, 정녕 문제가 아닐 수 없겠다.

60년 만의 황금돼지 해라고 한다. 풍요·다산·행운을 상징한다는 황금돼지의 기운과 더불어 경민과 같은 젊은이들이 구체적인 행복을 소망처럼 일구어갈 수 있기를 바란다. 이를 위해 우선 백석처럼 마음속에 "굳고 정한 갈매나무" 한 그루씩 심어보면 어떨까?(2019. 1. 6.)

우리, 용서라는 말을 들을 수 있을까?

: 이청준의 「벌레 이야기」

초등학교 4학년인 아들이 느닷없이 괴한에게 유괴되어 살해된다. 당연하게도 아이의 어머니는 극심한 정신적 충격에 휩싸인다. 상처는 깊어지고 삶의 정처를 알지 못한다. 그러다가 기독교 신앙에 감화되어 마음의 평정을 되찾으면서 범인을 용서하기로 한다. 그러나 그녀는 교도소에서 범인을 면회한 다음 더 절망하여 파국의 길로 치닫게 된다. 도대체 그 면회 시간에 무슨 일이 벌어졌던 것일까. 그녀는 어렵게 범인을 용서하기로 마음먹고 찾아갔던 터였다. 그런데 막상 범인을 만나고 보니, 그는 이미 용서를 받은 상태였다. 교도소에서 주님을 영접하고 용서받은 범인은 놀랍도록 마음의 평화를 누리고 있는 게 아닌가.

이창동 감독이 「밀양」으로 제목을 바꿔 영화화하기도 했던 이청준의 소설 「벌레 이야기」의 줄거리다. 이 소설에서 용서의 기회를 박탈당한 아이의 어머니는 이렇게 말한다. "내가 그 사람을 용서할 수 없었던 것은 그것이 싫어서보다는 이미 내가 그러고 싶어도 그럴 수가 없게 된 때문이었어요." 이미 용서받고 있었기에 자신은 용서할 기회를 원천적으로 박탈당했다고 언급한다. 그러면서 내가 아직 그를 용서하지 않았는데 누가 먼저 그를 용서할 수 있느냐고 항변한다. 이 소설은 인간의 윤리와 용서의 문제를 신앙과 실존의 측면에서 심원하게 숙고한 작품이어서 결코 단순하지 않지만, 어쨌든 용서의 문제가 이런저런 이유로 인해 복잡한 난제임을 거듭 환기한다. 용서의 종교적 맥락만 강조되면 인간관계에서의 비인간화 및 인간적 가능성에 문제가 생길 수 있음을 고뇌한다.

그런가 하면 「밤에 용서라는 말을 들었다」라는 시에서 이진명은 스스로를 위해 용서라는 말에 귀 기울이고 실천적으로 용서할 것은 권면한다. 꿈속이었을까. 시인은 검은 숲속의 나무에 묶여있다. 분노와 적의 속에서 벗어나려고 발버둥치지만 사정은 좋아지지 않는다. 그러다가 자신을 묶어둔 누군가에 대한 원망을 접어두고 용서라는 말을 듣게 되었을 때, 시나브로 묶였던 나무로부터 풀려나는 신비체험을 하게 된다. "그 이상한 전언. 용서. 아, 그럼. 내가 그 말을 선명히 기억해 내는 순간 나는 나무 기둥에서 천천히 풀려지고 있었다. 새들이 잠에서 깨며 깃을 치기 시작했다. 숲은 새벽빛을 깨닫고 일어설 채비를 하고 있었다."

시인은 용서 이전의 심상들을 호명한다. "얼굴 없던 분노여. 사자처럼 포효하던 분노여. 산맥을 넘어 질주하던 증오여. 세상에서 가장 큰 눈을 한 공포여. 강물도 목을 죄던 어둠이여. 허옇고 허옇다던 절망이여." 이런 분노와 절망의 "질기고도 억센 밧줄을 풀고" 비상하여 "순결한 바람이" 되거나 그 "바람을 물들이는 하늘빛 오랜 영혼"이 될 가능성을 용서의 심연에서 발견한다. 그러니까 용서는 새로운 가능세계다. 용서 이전의 분노나 증오, 어두운 절망이 과거의 세계, 과거의 자아에서 형성된 것이라면, 용서는 그 과거를 넘어 미래로 탈주하게 할 새로운 가능세계에 값한다.

또 한 해가 저문다. 돌이켜보면 시인 이진명이 불러낸 '포효하던 분노'나 '질주하던 증오' 따위가 떠오르기도 할 게다. 또 다른 공포나 불안, 두려움, 원망, 절망 같은 다발들도 이어질 수 있겠다. 이 험한 세상에 어찌 그렇지 않겠는가. 그렇지만 이제는 그런 과거의 풍경들을 넘어서 새해라는 미래로, 그 새로운 가능세계로 이행해야 하는 시간대다. 용서라는 말을 들으며 그런 어두운 마음의 족쇄로부터 풀려나 환한 새해를 예비하는 그런 세밑이길 바란다. (2018. 12. 19.)

'우리'라는 말잔치를 위한 진화의 방향은?

: 폴 에얼릭, 로버트 온스타인, 「공감의 진화」

'우리'처럼 보기 좋고 예쁘고 흐뭇한 말이 또 어디 있으랴. 인류의 근본어인 '나'와 '너', 그리고 '그'가 모여 '우리'가 된다. 형식논리로 보면 자연스럽게 형성될 말처럼 보이지만, 실상 '우리'는 그에 합당한 말값을 감당하기 쉽지 않다. 어쩌면 단 한 번도 진정한 '우리'의 지평에 도달한 적이 없는지도 모른다. 단지 지극히 순간적인 일치에 의해 우리를 경험할 뿐, 근원적으로 우리의 지평은 늘 결여인 채로 미끄러지는 형상인 것처럼 보인다.

가령 어떤 조직에서 혁신의 가치를 내세워 새로운 블루오션을 찾아나가려는 전위들이 있다고 치자. 그 지향이 바람직한 것으로 받아들여질 수 있음에도 불구하고, 그 조직 구성원 전체에게 자연스레 공감되고 확산되는 경우란 거의 없다. 그보다는 새로운 전위들의 위험비용을 부풀리면서 배제하고, 너와 나 사이의 분명한 전선을 형성하면서, 새로운 우리로 진화할 가능성을 방해하는 사례들이 훨씬 더 많은 게 사실이다. 잘 되는 일이라면 나를 중심으로 잘 되어야 하고, 잘못 되는 일이라면 나만 아니면 된다는 단자적 사고로부터 크게 벗어나지 못한 경우들이 참으로 많은 것이다. 그러니 "나는 너다"/"너는 나다"는 수사학적 허위로 치부되기 일쑤였고, "가까이 하기엔 너무 먼 당신"이 현실이었던 것 아닐까.

최근에 발생한 크고 작은 사건들만 봐도 그렇다. 프랑스, 튀르키예에 이은 방글라데시 테러를 보면서 우리는 종교 근본주의자들의 배타적 전선에 경악을 금치 못한다. 나와 남, 우리와 당신들 사이에 엄격한 장벽을 설치해 놓고, 이렇다 할 반성적 의식 없이 배타적 행동을 감행한 결과이기 때문이다. 얼마 전 국내에서 발생한 아파트 층간 소음문제로 야기된 살인사건도 그렇다. 층간 소음이 사회문제가 된 것은 오래되었지만, 그렇다고 살인으로까지 이어지는 것은 충격이 아닐 수 없다. 만약 위층의 노인들이 '우리' 가족이었더라도, 방글라데시 식당에서 인질로 붙잡은 이들이 '우리' 가족이었더라도, 사건이 그토록 어처구니없이 진행되었을까?

이런 테러나 개인 간 증오를 포함해 인종 차별, 종교 갈등, 환경 파괴, 기후 변화, 기아, 전쟁 등 지구촌의 위기 상황을 어떻게 해결할 수 있을까? 진화생물학자 폴 에얼릭과 심리학자 로버트 온스타인이 협력하여 공저한 『공감의 진화』가 주목되는 것도 그 때문이다. 그들에 따르면 나약한 생물 종에 불과한 인간이 지구의 우세종이 될 수 있었던 것은 공감과 협력 능력 덕분이다. 그런데 인류 문명의 발전 정도에 비해 공감의 진화 정도나 속도는 현저히 못 미치거나 느리기에 문제가 발생한다. 많은 지구촌의 위기는 공감 능력은 부진이 그 핵심 원인이다. 그러니 인간은 공감 능력의 진화를 위한 의식적인 노력이 절실하다.

"우리는 변해야 한다. 우리의 의식은 그동안 관심 밖에 있던 다른 모든 사람을 포함할 수 있도록 확장되어야 한다. 나와 다른 사람을 인정해야 하며, 훨씬 폭넓은 영역에서 그들의 빈곤이나 즐거움, 곤경 등을 함께 나눠야 한다. 모든 인류가 하나의 가족이며 또한 반드시 그래야 한다는 의식적인 이해가 선행될 때 우리는 오늘날 직면한 많은 문제에 비로소 대처할 수 있고, 인류라는 거대한 가족이 기능 장애에 빠지지 않을 수 있으며, 어쩌면 미래의 우리 후손들과도 한 가족으로서 충분히 공감하고 교감할 수 있을 것이다."(『공감의 진화』)

70억 인류가 모두 한 가족처럼 '우리'가 된다면 그보다 좋은 일이 어디 또 있으랴. 가망 없는 희망처럼 보이지만, 진정한 '우리'의 말잔치를 위한 진화의 방향을 거스를 수 없다. 공감의 진화를 위해 우리는 부단히 구각을 깨고 벗어나야 하리라. 일찍이 헤르만 헤세도 갈파하지 않았던가. "새는 알에서 나오려고 투쟁한다. 알은 세계이다. 태어나려는 자는 세계를 깨뜨려야 한다."(『데미안』) (2016. 7. 3.)

A Good Book. Mona H Bell (British, fl.1903-1920)

6

나는
질문한다,
고로
존재한다!

나는 질문한다, 고로 존재한다!

: 파블로 네루다, 「질문의 책」

폴란드 출신으로 버클리와 옥스퍼스에서 가르쳤던 철학자 레셰크 코와코프스키 교수는 질문 의문문으로 서양철학사를 구성할 수 있다고 생각했다. 『위대한 질문』은 그런 의도의 소산이다. "우리는 왜 악행을 저지르는가?"라는 질문을 던지며 소크라테스에 접근하고, "진리는 어디에서 오는가?"라며 플라톤에, "행복이란 무엇인가?"과 함께 아리스토텔레스에, "악은 무엇인가?"라고 물으며 성 아우구스티누스에 다가간다. "세계는 선한가?" 질문하며 성 토마스 아퀴나스에, "우리는 어떻게 확신할 수 있는가?"라며 데카르트에, "우리는 자유 의지를 갖고 있는가?"라는 질문으로 스피노자에, "최선의 국가 형태는 무엇인가?"라며 토마스 홉스에, "지식은 어떻게 가능한가?"라는 물음으로 임마누엘 칸트에, "선과 악이 없는 진보는 가능한가?"라며 헤겔에, "선과 악은 존재하는가?"라는 질문으로 니체의 철학 세계에 다가서면서, 새로운 질문들을 거듭 발견해나가는 식이다.

"모든 위대한 법칙은 질문에서 시작되었다"고 생각하는 마이클 브룩스의 『물리학을 낳은 위대한 질문들』도 비슷한 책이다. "슈뢰딩거의 고양이에게는 무슨 일이 일어났는가?", "사과는 왜 아래로 떨어지는가?", "고체는 정말로 형태가 고정되어 있는가?", "신의 입자란 무엇인가?", "빛보다 빠르게 달릴 수 있을까?", "카오스 이론은 재앙을 예견하고 있는가?", "빛의 정체는 무엇인가?", "우리는 시뮬레이션 속에서 살고 있는가?", "자연에서 가장 강한 힘은 무엇인가?" 등등……

1971년 노벨문학상을 수상한 칠레 시인 파블로 네루다의 『질문의 책』 역시 질문으로 이루어진 시집이다. 그는 묻는다. "겨울에, 나뭇잎들은/ 뿌리와 함께 숨어 살까?" "우리는 구름에게, 그 덧없는 풍부함에 대해/어떻게 고마움을 표시할까?" 이처럼 자연물이나 자연현상에 대한 그의 질문들은 엉뚱한 풍부함으로 넘쳐난다. 다채롭고 돌연한 상상적 질문들이 자연과 세계에 대한 새로운 성찰의 계기를 마련해 준다. 그러면서 시인의 질문은 자기 자신에게로 내밀하게 향한다. "내가 잊어버린 미덕들로/ 나는 새 옷 한 벌 꿰맬 수 있을까?"라며 반성적 성찰의 심연을 깊게 한다. "나였던 그 아이는 어디 있을까,/ 아직 내 속에 있을까 아니면 사라졌을까?" 라는 질문과 더불어, 아이였던 나와 말년의 나 사이의 거리를 인식하면서 생 전반을 반추한다. 그러면서 "당신의 꿈속에서 울릴/ 종을 당신은 어디서 찾을까?" 라며 새로운 희망의 기획에 몰입하기도 한다. 시인의 근본적인 질문은 가령 이런 것이다. "누구한테 물어볼 수 있지 내가/ 이 세상에 무슨 일이 일어나게 하려고 왔는지?" 어디 네루다에게만 궁금한 일이겠는가? 우리 모두가 탐문하고 싶어 한 생의 심연에 값하는 질문이 아니겠는가?

또 한 해를 보내며 연초와 연말의 거리를 인식하며 질문하는 시기다. "정월 초하루의 꿈은 다 어디로 갔을까?"에서 "이게 나라냐?"에 이르기까지, 올해는 유난히 질문이 많았던 해가 아니었을까? 개인적으로든 공동체적으로든 참으로 많은 질문들을 던져야 했고, 그 질문들에 대한 속 시원한 대답을 알 수 없어 갈증이 심했던 해였지 싶다. 다만 질문의 춘추전국시대를 지내면서 '나는 질문한다, 고로 존재한다!'는 명제에 대해 숙고할 수 있었던 것은 아주 큰 수확이 아니었을까, 싶다. (2016.12.18.)

대화로 세계의 향연을 열 수 있을까?

: 미하일 바흐친, 「도스또예프스끼 시학의 문제들」

　　출입구를 제외한 삼면이 시멘트벽으로 막혀 주변과 완전히 차단된 작업장이 있었다. 미래 도시를 건설한다는 슬로건이 있긴 했지만, 그 누구와도 소통할 수 없는 황량한 근무지에서 홀로 땅을 파고 메우는 일만 반복되었다. 김이 땅을 파고 퇴근하여 이튿날 아침 출근하면 영락없이 메워져 있었다. 경악해 담당자인 박에게 전화하지만 연결되지 않는다. 대학 졸업 후 2년 동안 취준생으로 고생했던 윤은 야간 작업자로 땅을 메우는 일을 계속한다. 그 또한 담당자와 소통하려 하지만 속절없이 불통된다. 아무 이유도 모르는 채 파기와 메우기를 반복하는 이 부조리한 악순환의 결말은 가혹하다. 퇴근하던 김이 술을 마시고 다시 현장으로 복귀해 홀로 작업하던 윤을 작업 도구인 삽으로 타살해 구덩이에 묻는다.

소설 「삽의 이력」(서유미) 이야기다. 소외된 노동과 소통 단절의 비극을 극단적으로 가정한 서사다. 만약 서로 상호작용하면서 소통과 대화가 원활했더라면 이런 어처구니없는 일은 일어나지 않았을 터이다. 주지하듯 질문하고 대화하기를 즐겼던 소크라테스가 죽음에로 이른 것도 결국 대화와 소통의 단절과 관련된다. 30인 참주 정치와 소통하기 어려웠고, 배심원들을 상대로 한 변론 또한 대화의 지평을 형성하기 곤란했다. 소크라테스는 적극적으로 대화를 요청했지만 배심원들이 귀를 닫음으로써, 대화가 아닌 독백으로 머물 수밖에 없었다. 대화가 중단되면 삶도 이어지기 어렵다.

소통하고 대화하는 것에서 존재의 의미를 확인한 이 중에 러시아 문예비평가인 미하일 바흐친이 있다. 그의 대화 이론에 따르면 삶은 본질적으로 대화적이다. "의식의 대화적 본성. 인간 삶 그 자체의 대화적 본성. 진정한 인간 삶을 언어적으로 표현할 때 유일하게 적합한 형식이 있다면 그것은 끝없는 대화다. 삶은 본성상 대화적이다. 산다는 것은 대화에 참여한다는 것을 뜻한다. 질문을 던지고, 주의를 기울이고, 응답하고, 동의하는 등등. 개인은 전 생애에 걸쳐 이러한 대화에 참여한다. 눈, 입술, 손, 영혼, 정신을 사용하면서, 그리고 온몸으로 행하면서, 그는 전 자아를 담론 속에 던져 넣고, 담론은 인간 삶의 대화적 짜임, 즉 세계 향연에 진입한다."(『도스또예프스끼 시학』)

기성의 진리에 붙들린 공식적 독백주의를 넘어서기 위해 정신들의 상호관계와 상호작용에 입각한 대화의 지평을 열어야 한다. 바흐친에 따르면 언어도, 진리도 대화적 상호 작용을 통해서 살아난다. "진리는 개별 인간의 머릿속에서 잉태되지도 않고 발견될 수도 없다. 그것은 진리를 집단적으로 추구하는 사람들 사이에서, 그들의 대화적 상호 작용으로 과정 내에서 잉태된다." 애초부터 홀로 완전할 수 없고, 타자의 차이를 인정하며 대화에 참여할 때 세계 향연에 동참할 수 있다. 반대로 독백들로 넘쳐나는 세계는 평화를 알지 못하게 된다.

　대화로 세계 향연을 열 것인가, 독백화로 퇴행할 것인가, 요즘 한반도와 세계는 기로에 서 있다. 대화 성사와 중단, 재협상과 대화 재개 합의 등 일련의 과정들에서 인간의 대화적 본성을 새삼 절감한다. 대화 중단에 의한 세계 독백화를 우려하는 안타까움이나, 대화 재개로 인한 세계 향연의 가능성에 대한 기대감 모두가 그런 본성에 기반한 것일 터이다. 크고작은 현안들이 독백을 넘어서, 대화적으로 잘 풀릴 수 있기를 바란다. (2018.6.3.)

Reading by Lamplight-Actually 'Interior with Woman Reading'
Poul Friis Nybo (Danish, 1869-1929)

'이고 메고 지고 업고' 가는 한국인은 누구인가?

: 김열규, 「한국인의 자서전」

설날. 어린 시절 명절이면 왠지 모르게 설레고 들뜨기만 했었다. 그런 게 어느 사이 사라졌다. 설빔으로 받은 때때옷 차려입고 차례 지내고 세배하고 떡국 먹고 하며 싱글벙글하던 그 마음은 어디로 간 것일까. 기꺼이 즐거운 그런 마음 대신 묵중한 부담감만 늘어난 것은 왜일까. 하릴없이, 길 때문이야, 그렇게 탓해 본다. 명절 때만 되면 고속도로며 국도가 꽉 막힌다. 그야말로 인산인차人山人車다. 막힌 길 탓에, 고향 가는 길은 아예 고행의 길이다. 그러다 문득 묻는다. 왜 가는 거지? 뻔한 대답을 떠올리다가, 불현듯, 한국인이니까, 그런 생각에 미친다. 그 또한 뻔한 범주를 벗어난 게 못 되지만, 일단 그 생각을 더 밀어 본다. 다른 나라에서는 쉽게 찾아보기 어려운 민족의 대이동을 놓고, 그래도 아직은 한국적인 것이 남아 있어서 그런 것이리라, 하는 생각으로 이어가 본다. 그런데 과연 한국인은 누구인가?

수 년 전 나라밖의 어느 대학에 머물 때였다. 그쪽 교수들과 토론하던 중, 나름대로는 그들과 소통하기 위해 그들도 알만한 서양의 담론을 바탕으로 이야기를 하는데, 문득 그 얘기는 우리도 잘 아니까, 우리가 모르는 한국의, 동양의 얘기를 해주었으면 좋겠다는 말을 들었다. 그들은 아무렇지도 않게 한 얘기였겠지만, 나는 뭔가 크게 한 대 맞은 기분이었다. 퇴계 이야기를 하고, 한국의 신화 이야기를 하니까, 그제야 그들도 귀를 기울이는 듯했다. 그런 경험이 있었음에도 나는 여전히 한국인으로서 나는 누구인가에 대해 속 시원히 답할 자신이 없다. 많은 이들이 『그리스 로마 신화』나 『삼국지』의 세계는 잘 알아도, 정작 『삼국유사』 이야기는 잘 모르는, 이런 상황으로부터 나도 결코 자유롭지 못하다.

그런 사람들을 위해 신화학자 김열규가 선사한 책이 바로 『한국인의 자서전』이다. 상징의 바다에서 길어낸 질박한 한국인 이야기들이 넉넉하게 담겨 있다. 산과 물에서 태어난 한국의 첫 어머니 이야기부터, 탄생에 얽힌 사연들이며, 된바람에 꿋꿋한 야생화처럼 혹은 장마 뒤에 크는 죽순처럼 자라는 성장담, 아리고 쓰린 사랑의 이야기, 사연 많은 결혼담, '이고 메고 지고 업고' 가는 세상살이 이야기들, 물어도 물어도, 빠져도 빠져도 끊임없는 물음으로 이어지는 죽음 이야기 등이 다채롭게 펼쳐진다. '갱생의 동굴'에서 '번데기 무덤'까지 한국인의 레퍼토리는 무궁무진하다. 신비로우면서도 지혜롭고, 질박하면서도 아름답다. 작가 이청준은 "토머스 불핀치가 그리스 로마 신화의 열쇠를 쥐고 있다면, 한국 신화의 열쇠는 김열규 교수에게 있다."고 말했다. 결코 지나친 말이 아니다.

이런 한국인 이야기는 우리네 집단 무의식과 민족 심상의 정수를 가늠케 하는 상상력의 보물 창고다. 문화 콘텐츠의 풍성한 황금 가지다. 가요, 드라마에서 발원된 한류가 웹툰이나 웹드라마 등으로 다채로워지고 있다. 한류 열풍이 더 넓고 깊어지기를 소망하는 이들에게는 물론, 지금의 한국과 한국인의 풍경에 속상해 하는 사람들에 이르기까지, 『한국인의 자서전』은 할 이야기가 많은 책인 것 같다. 이야기의 바깥은 없다. 그러나 정작 자기 자신이 이야기 바깥으로 밀리는 경우가 많다. 당당한 나의 이야기, 우리의 이야기를 궁리하는 이들에게 맵고 짠한국인의 이야기는 시사하는 바가 많다. 이제는 우리가 새로운이야기를 만들어 나갈 차례다. (2016. 2. 14.)

어떻게 내 안의 아레테를 열어나갈 수 있을까?

: 플라톤, 「프로타고라스」

선우는 골목의 모든 엄마들이 부러워하는 워너비 아들이다. 학교 전교회장에다 공부도 잘하고 성격도 좋다. 그런가 하면 친구들과 장난치다 다리를 부러뜨리기도 한다. 정환은 까칠한 나쁜 남자 스타일이다. 단순한 축구광처럼 보이기도 하지만 집중력을 발휘하면 의외로 좋은 성적을 낸다. 택이는 바둑천재지만 일상생활엔 젬병이다. 놀라운 끈기를 보인다. 동룡은 학교 공부는 꼴찌여도 낙천적이고 일상적 문제들을 지혜롭게 해결한다. 덕선은 학교공부는 잘 못하지만 '덕'과 '선'이 많은 아이다. 유쾌하고 발랄하다. 수시로 열린 끼를 방출한다.

요즘 인기리에 방영되는 「응답하라 1988」의 고등학생들이다. 이 드라마에서 거의 모든 등장인물들의 개성은 저마다 살아 빛난다. 특정 주인공을 내세우기보다 모두가 주역이자 조연을 넘나드는 멀티플이어들처럼 보인다. 그렇게 인물들의 개성이 살아나게 된 데는 여러 이유들이 있을 터이나, 나는 각각의 인물들을 상상하는 작가나 연출자의 안목 덕분이라고 생각한다. 모든 인물들의 내면에서 그/그녀만의 고유한 영혼이나 끼를 감지하고 그것과 깊이 있게 소통하고자 한 결과가 아닐까 싶다. 끼를 보아준 작가의 눈에 역을 맡은 배우들은 몸의 끼로 화답했다. 연출자는 드라마 속의 인물들의 끼를 이끌어내는 '열린 산파'였지 싶다.

교육에서 산파론을 강조한 이는 두루 알다시피 소크라테스다. 플라톤이 기록한 『프로타고라스』를 보면 그의 생각을 잘 헤아리게 된다. 이 책은 고대 아테네에서 변론술의 대가 프로타고라스와 소크라테스가 지知, 덕德, 선善에 대해, 특히 덕이란 무엇이고, 어떻게 구성되며, 과연 가르칠 수 있는 것인가 하는 논점을 놓고 펼친 논쟁을, 플라톤이 기록한 텍스트다. 당시 아테네에서 프로타고라스는 덕德의 교사로 불린 유명한 소피스트였다. 이에 아테네의 많은 젊은이들이 그에게 서둘러 배움을 청했다.

히포크라테스도 그런 아테네 청년이었다. 그는 소크라테스를 방문하여 프로타고라스에게 가서 돈을 지불하고 지혜를 배우고 싶다고 말한다. 여기서 갈등이 촉발된다. 히포크라테스는 지혜를 배울 수 있다는 생각이고 소크라테스는 그에 대해 회의

적이다. 그를 설득하기 위해 소크라테스는 함께 프로타고라스에게 가서 대화를 나눈다. 전반부에서는 강론에 가까운 프로타고라스의 변론이 길지만, 둘의 대화가 전개되면서 후반에는 소크라테스의 변론이 더 중요해진다. 프로타고라스는 자신이 훌륭한 소피스트이기에 덕(아레테)을 가르칠 수 있다는 논변을 펼친다. 반면 산파론자인 소크라테스는 안으로부터 계발되는 것이라 설득한다.

물론 고대 아테네 시절과 지금은 무척 다르다. 지금, 여기서 다시 두 소피스트가 논쟁을 펼친다면 어떨까? 프로타고라스처럼 교사가 밖에서 가르쳐 주입할 수 있는 지식도 많지만, 소크라테스처럼 학생 안에서 계발해야 될 잠재력이나 끼의 중요성도 많다. 걱정은 여전히 우리 교육 상황에서는 강고한 프로타고라스들이 많다는 것이다. 그런 상황에서라면 덕선이나 동룡은 아주 불행할 수밖에 없다. 소크라테스처럼 양방향 열린 교육을 지향할 때 상황은 달라진다. 당연한 얘기지만, 되풀이해야 하는 상황이 너무 안타깝다. 개개인의 잠재력과 끼를 살릴 수 있는 열린 교육의 지평을 열 수 있는 열린 실천이 요구된다. 응답하라! 열린 교육! (2015. 12. 11.)

도서관에 없는 게 있을까?

: 보르헤스, 「바벨의 도서관」

"도서관에는 모든 것이 다 있다." 아르헨티나 출신의 환상적 리얼리즘 작가 호르헤 루이스 보르헤스(1899-1986)는 그렇게 말했다. 그는 미궁 같은 세상, 미로를 닮은 현실에 대해 숙고했던 작가다. 창조주의 설계도는 매우 정교했다. 그런 설계도를 바탕으로 조성한 미로 같은 세계는, 합리적이고 이성적인 질서의 눈으로 관찰하거나 성찰하더라도 제대로 헤아리기 어렵다. 고작 인간은 불완전하고 무질서하고 혼돈스런 사실들만 확인할 따름이다. 세계는 영원한 미궁인데 반해, 그 미궁의 설계도를 훔쳐낼 방책이 인간에게 주어지지 않은 까닭이다. 그러니 인간은 겸허하게 미궁 속의 존재임을 수긍하는 쪽이 차라리 낫다. 바벨탑을 쌓으려는 만용은 위험하다. 미궁을 상상하고 추리하는 일이 가장 인간적인 일인지도 모른다고 보르헤스는 생각한다. 그렇다면 인간의 길은 어떻게 열릴 수 있을까. 보르헤스가 보기에 인간의 길은 도서관을 통해서 그 가능성의 일부나마 탐문할 수 있다.

아르헨티나 부에노스아이레스에서 살았던 아버지의 도서관에서 태어난 보르헤스는 도서관에서 유년을 보냈고, 하급 사서에서 국립도서관장에 이르기까지, 그의 생애는 거의 도서관을 배경으로 전개되었다. 그러니 "보르헤스는 도서관에서 태어나 도서관에서 살다가 도서관에서 죽어 도서관에 묻혔다"고 말해도 지나치지 않을 정도로 "도서관의 작가"였다. 읽고, 생각하고, 상상하고, 쓰는 일이 '혼돈 속의 질서'처럼 격렬하게 융합되면서 전혀 다른 차원의 이야기들을 창안할 수 있었다. 생각하는 인간Homo Sapiens, 읽는 인간Homo Legens, 허구적으로 꾸미는 인간 Homo Fictus이 서로 스미고 짜이며 끊임없이 갈라지는 새로운 이야기들을 빚어낸 것이다. 그러면서 세상이란 미궁으로부터 비상할 수 있기를 꿈꾸었다.

미궁일 수밖에 없는 세계를, 보르헤스는 도서관 혹은 책이라는 개념으로 이해하려 했다. 「바벨의 도서관」에서 그는 도서관은 무한한 우주이고, 책은 신이라 했다. 인간이 우주의 신비와 질서를 성찰하기 위해서는 신이 쓴 책을 다 읽고 이해할 수 있어야 한다. 그러나 그게 어찌 가능하랴. 그러니 우주와 세계는 영원히 미궁일 수밖에 없다. 그러니 바벨의 도서관이다. 바벨은 아시리아 말로는 신의 문을 뜻하지만, 히브리 말로는 혼돈을 뜻한다. 고로 바벨의 도서관이란 "우주의 신비가 담겨진, 그러나 인간의 능력으로는 그 신비를 알 수 없는 혼돈스런 도서관"인 셈이다.

"도서관에는 모든 것이 다 있다. 미래 세계의 상세한 역사, 천사들의 자서전들, 도서관의 믿을 만한 서지 목록, 수백만 개의 가짜 서지목록, 그 가짜 서지목록들의 허구성을 증명한 책, 진짜 서지목록의 허구성을 증명한 책, 바실리데스의 그노시스적 복음, 이 복음의 주해서, 그 주해서의 주해서, …"(「바벨의 도서관」) 이런 "무한공간의 미로"에서 몽상하며 새로운 문을 열기를 그는 즐겼다.

강남 핵심의 대형 쇼핑몰 안에 도서관이 조성되어 화제다. 일상 속에서 인문학의 즐거움을 교감하면서 새로운 모색을 시도하라는 취지란다. 운영자는 이 장터 속 도서관이 "또 다른 세상으로 통하는 문"이 되기를 소망한다. 이윤 추구를 위해 소비 욕망을 자극하는 쪽으로 장터가 조성되었던 흐름과는 다른 것으로, 적극 환영할만한 일이다. 이런 분위기가 더 넓고 깊게 퍼졌으면 한다. 그 동안에는 학교 도서관이나 공공 도서관이 대부분이었는데, 이와 같은 민자 사설 도서관이 많아진다면, 그만큼 우리 사회의 문화적 품격은 높아질 것이고, 인문학적 성찰은 깊어질 터이다. 다양한 도서관을 통해서 많은 이들이 또 다

른 세상으로 통하는 문을 거듭 열어 나가면 우주의 신비와 신
의 섭리에 가까이 갈 수 있지 않겠는가. (2017.6.30.)

우리가 읽은 것이 우리일까?

: 스티븐 로저 피셔, 『읽기의 역사』

"몸이 음식을 필요로 하듯 정신은 읽기를 필요로 한다. 우리는 우리가 읽는 것으로 된다." 프랑스 작가 구스타프 플로베르의 말이다. 『읽기의 역사』의 저자 스티븐 로저 피셔 또한 비슷한 말을 한다. "우리는 우리가 읽은 것이며, 우리가 읽은 것이 우리다." 인간 존재의 핵심을 찌른다. 오래 전부터 사람들은 읽으며 발견하고 변화하면서, 자신과 세계를 새롭게 형성해오지 않았던가. 그 어떤 읽기도 유일하게 옳은 것은 없다고 했던 소크라테스의 가르침 이후, 읽기는 대화의 기반이었고 진화와 혁신의 근간이 된 인간 행위였다고 해도 지나치지 않다.

『읽기의 역사』는 청동기시대에서 시작하여 현대의 이북에 이르기까지 인류가 경험해 온 읽기의 흔적들을 흥미롭게 정리한 책이다. 수메르어로 '읽다'는 sita(sit, sid, sed)인데, 이 말은 "세다, 계산하다, 고려하다, 기억하다, 암송하다, 큰소리로 읽다"
등 여러 의미가 있었음을 환기하면서 저자는 고대 메소포타미아에서 이런 읽기 능력을 지닌 이는 매우 드물었다는 얘기부터 시작한다. 파피루스와 양피지, 죽간을 거치고 구텐베르크 혁명을 통과하면서 읽기가 어떻게 변화를 보이는지를 실감 있게 보고한다. 그런 추적을 통해 저자는 읽기보다 놀라운 일이 없음을 피력한다.

"읽기가 정신에 미치는 영향은 음악이 영혼에 미치는 것과 같다. 읽기는 도전이자 힘이며 우리를 매혹시키고 풍요롭게 한다. 흰 종이나 컴퓨터 화면의 검은 점들이 우리를 울리며, 통찰과 이해의 장을 인생에 열어 주며, 영감을 부르고 우리의 존재를 다른 생명과 연결해준다. 이보다 더 놀라운 일이 있는가."(『읽기의 역사』)

세상과 인간은 끊임없이 변화한다. 때때로 혼돈이나 모순에 빠지기도 하다. 그 와중에도 의미를 추구하고 질서를 찾아온 것은 읽기를 통해서란다. 읽기를 제6감 혹은 초감각이라고 부르기도 하는데, 그 이유는 "읽기가 모든 감각적 인상을 함유하고 활용할 수 있는 것이기 때문"이다. 이런 읽기는 훈련을 통해 누적되는 능력이어서 점진적으로 때로는 기하급수적으로 발달한다. 누구나 제 앞의 것을 읽으면서 경험의 지평을 넓힌다. 역사적으로 넓고 깊게 현명하게 읽음으로써 그 언어와 문화를 부릴 수 있었던 이들이, 그 사회 최고의 것을 누려왔음을 저자는 환기한다. 이 책의 마지막 단락은 이렇다. "지구 최초의 유기체는 자신의 종, 성 및 의지를 전달할 수 있는 원시적 조직으로 진화했다. 지금 인류는 언어의 한계, 시공간을 뛰어넘고자 이 놀라운 초감각에 기댄다. 읽기다."

그런데 이 놀라운 초감각은 적절하게 활용되기가 쉽지 않은 것도 사실이다. 작가 최시한은 글 읽기의 중요성에 비해 '읽기로부터의 도피 현상' 혹은 '읽는 힘 결핍 상태'가 매우 심각한 상태임을 절감하고, 이를 개선하기 위한 실질적인 목적을 가지고 『수필로 배우는 글읽기』를 집필했음을 밝힌 적이 있다. 그에 따르면 읽기 능력은 "인간이 무엇을 느끼고 생각하는 온갖 능력(감각·기억·분석·종합·추리·상상 등)이 결합된 능력, 혹은 그것들을 적절하게 결합하여 글을 읽는 데 활용하는 능력"이다.

이런 읽기 능력은 수메르어의 복합 의미에서도 짐작할 수 있듯이 자기주도적이고 능동적인 활동을 통해서 신장될 수 있는 초감각이다. 그런데 실제 학습 과정에서 남이 요약한 결과를 수동적으로 수용하는 경우가 많다면 그 초감각은 제대로 작동되거나 축적되기 어렵다. 스스로 읽어 핵심 내용을 요약하고, 함축된 의미를 추리하고 상상해서 전체 맥락에 맞게 재구성하고, 나름대로 평가하고 비판하면서 새로운 발견의 지평으로 나아가는 그런 읽기 활동은 그 초감각을 기하급수적으로 진화시킬 수도 있을 터이다. 수능 언어영역 일부 문제가 역대급 난이도를 보였다며 떠들썩하다. 물론 쉽지 않은 문제였다. 그러나 평소 읽기로부터 적잖이 도피하지 않았는지, 생각해보게 하는 문제이기도 하다. (2018.11.24.)

책 속에 무엇인들 없겠는가?

: 주희, 「주자어류(朱子語類)」

　"책 속에 무엇인들 없겠는가書中何所不有"라고 했던 이는 주자였다. 그의 『주자어류朱子語類』 10권과 11권에는 모두 245조목에 달하는 독서법이 실려 있다. 독서란 무엇인가, 무엇을, 어떻게 읽고 수용할 것인가 등의 문제를 다룬 주자의 독서론은 '위기지학爲己之學'을 강조한다. 자기를 세우는 공부로서 독서를 중시했다. 책을 읽을 때 언제나 나를 살피고 나를 비추어 보고 나를 겨냥해야 하고 결국 글의 생각과 자신의 생각이 동화되어 마치 자신이 말한 것처럼 되어야 한다는 것이다. 그렇게 읽다보면 단순히 글공부에서 그치지 않고 글공부, 마음공부, 몸공부가 하나가 되는 지행일치의 지평에 이를 수 있다는 생각을 주자는 견지했다. 그러니 글과 마음과 몸이 하나가 되는 지평에 도달할 때까지 끊임없이, 되풀이해서, 뜻과 생각이 무르익도록 읽을 것을 주자는 권장했다. 읽기 행위가 '위기지학'에서 멀어진 채 읽기의 주체는 물론 읽기의 대상마저도 사물화하고 소외시키는 경향이 많은 요즘의 풍속에 비추어 볼 때 새삼 생각거리가 많은 대목이다.

『주자어류』에 따르면 문제를 해결하기 위해 제대로 읽어야 한다. 가령 도적을 잡을 때, 도적질한 장소, 물건, 경위 등을 모두 조사해야 하는데, 드문드문 읽는다면 피의자를 지목하더라도 구체적인 증거를 발견하지 못하게 된다. 또 "마치 높고 큰 배가 순풍에 긴 돛을 달고 하루에 천 리를 가듯이" 읽어야 한다고 했다. "작은 항구를 떠나자마자 얕은 곳에 닿아버린다면 무슨 일이 되겠는가!" 정확하고 진실하게 미래지향적인 안목을 가지고 읽을 때 "배우고 때때로 익히면 또한 기쁘지 아니한가!"(『논어』)의 경지에 이를 수 있다.

『논어』에서 자하子夏가 말하였다. "널리 배우고 뜻을 돈독하게 하며, (의문이 생기면) 절실하게 묻고 가까운 데서 생각하면, 인(仁)은 그 가운데 있다." 진실로 읽어 인에 이른다는 것은 "잃어버린 마음을 찾는" 것과 한 가지라고 『주자어류』는 알려준다. 프랑스 비평가 가스통 바슐라르에게 책은 은혜로운 선물이었다. "저 높은 하늘에 있는 천당은 하나의 거대한 도서관"일 것이라 여기며 기도했다. "오늘도 우리에게 일용할 굶주림을 주시옵고……"(『몽상의 시학』). 잃어버린 마음을 찾아 나를 헤아리는 위기지학과 잃어버린 세상을 찾아 남과 현실을 헤아리는 위인지학爲人之學은 떨어져 있는 것 같지 않다.

허황한 말[言]들이 말[馬]처럼 뛰고, 소통되지 않는 말들로 넘쳐나면 우리네 행복의 지평은 아득해진다. 어쩌면 제대로 읽지 않았기 때문에 그렇지 않을까? 책 읽기에서 문화 읽기, 현실 읽기에 이르기까지, 아직 제대로 읽히지 않는 경우가 많다. 아예 읽히지 않거나[未讀], 잘못 읽히는[誤讀] 사례도 흔하다. 그런 상황에서라면 잃어버린 마음을 찾아가는 여정은 물론 창의적인 성취도 쉽지 않다. 그러니까, 진정한 나를 찾고 어려운 세상을 구하기 위한 진실한 읽기는 매우 절실하다. "나는 읽는다, 고로 존재한다!"며 행복한 읽기를 실천하는 세상의 모든 호모 레겐스Homo Legens들에게 진실한 영광이 있기를 빈다. (2015. 11. 29.)

(1900) silver print Musee d'Orsay, Paris(1900), Henri Fantin-Latour (France, 1836~1904)

함께 읽은 책

최진석, 『노자의 목소리로 듣는 도덕경』, 소나무, 2001.

헬레나 노르베리-호지, 『오래된 미래—라다크로부터 배운다』, 김종철·김태언 옮김, 녹색평론사, 1996.

장 지오노, 『나무를 심은 사람』, 김경온 옮김, 두레, 2005.

웬델 베리, 『삶은 기적이다—현대의 미신에 대한 반박』, 박경미 옮김, 녹색평론사, 2006.

제인 구달, 게일 허드슨, 세인 메이너드, 『희망의 자연』, 김지선 옮김, 사이언스북스, 2010.

헨리 데이비드 소로, 『월든』, 강주헌 옮김, 현대문학, 2011.

제러미 리프킨, 『유러피언 드림—아메리칸 드림의 몰락과 세계의 미래』, 이원기 옮김, 민음사, 2005.

애덤 스미스, 『국부론』, 김수행 옮김, 비봉출판사, 2003.

도넬라 H. 메도즈, 데니스 L. 메도즈, 요르겐 랜더스, 『성장의 한계』, 김병순 옮김, 갈라파고스, 2015.

지그문트 바우만, 『쓰레기가 되는 삶들—모더니티와 그 추방자들』, 정일준 옮김, 새물결, 2008.

손창섭, 『비 오는 날』, 문학과지성사, 2005.

하랄트 벨처, 한스 게오르크 죄프너, 다나 기제케, 『기후 문화—기후 변화와 사회적 현실』, 모명숙 옮김, 성균관대학교출판부, 2013.

랄프 왈도 에머슨, 『미국의 학자』, 『에머슨의 위대한 연설』, 지소철 옮김, 포북, 2017.

조르주 페렉, 『잠자는 남자』, 조재룡 옮김, 문학동네, 2013.

조이스 킬머, 『나무들』, 김귀화 옮김, 한솔미디어, 1994.

김산해 옮김, 『(최초의 신화) 길가메쉬 서사시』, 휴머니스트, 2005.

요한 볼프강 폰 괴퇴, 『파우스트』, 정서웅 옮김, 민음사, 1999.

한스 요나스, 『책임의 원칙—기술 시대의 생태학적 윤리』, 이진우 옮김, 서광사, 1994.

레온 크라이츠먼, 『24시간 사회』, 한상진 옮김, 민음사, 2001.

이브 파칼레, 『걷는 행복』, 하태환 옮김, 궁리, 2001.

정수복, 『파리를 생각한다—도시 걷기의 인문학』, 문학과지성사, 2009.

니코스 카잔자키스, 『그리스인 조르바—알렉시스 조르바의 삶과 행적』, 유재원 옮김, 문학과지성사, 2018.

틱낫한, 『틱낫한의 평화로움』, 류시화 옮김, 열림원, 2002.

앙투안 드 생텍쥐페리, 『어린 왕자』, 김현 옮김, 문학과지성사, 2012.

플루타르코스, 『플루타르코스 영웅전』, 이다희 옮김, Human & Books, 2010.

한병철, 『피로사회』, 김태환 옮김, 문학과지성사, 2012.

허먼 멜빌 외, 『필경사 바틀비』, 한기욱 엮고 옮김, 창비, 2010.

가 알페로비츠, 루 데일리, 『독식비판: 지식 경제 시대의 부와 분배』, 원용찬 옮김, 민음사, 2011.

제러미 리프킨, 『노동의 종말』, 이영호 옮김, 민음사, 1996.

프란츠 카프카, 『변신』, 이주동 옮김, 솔, 1997.

아서 밀러, 『세일즈맨의 죽음』, 강유나 옮김, 민음사, 2009.

게오르그 짐멜, 『돈의 철학』 김덕영 옮김, 한길사, 2013.

로버트 H. 프랭크, 필립 쿡, 『승자독식사회』 권영경, 김양미 옮김, 웅진지식하우스, 2008.

장혜민, 『법정스님의 무소유의 행복』 산호와진주, 2017.

문순홍, 『생태학의 담론』 아르케, 2006.

레프 니콜라예비치 톨스토이, 『사람은 무엇으로 사는가』 이종진 옮김, 창비, 2015.

요한 볼프강 폰 괴테, 『이탈리아 기행』(1,2), 박찬기 옮김, 민음사, 2004.

윌리엄 셰익스피어, 『셰익스피어 전집』 이상섭 옮김, 문학과지성사, 2016.

알베르 카뮈, 『이방인』 김화영 옮김, 책세상, 2012.

다니엘 디포, 『로빈슨 크루소』 김병익 옮김, 문학세계사, 1993.

제임스 조이스, 『젊은 예술가의 초상』 홍덕선 옮김, 문학과지성사, 1997.

오르한 파묵, 『새로운 인생』 이난아 옮김, 민음사, 1999.

미겔 데 세르반테스 사아베드라, 『돈키호테』 안영옥 옮김, 열린책들, 2014.

최인훈, 『화두』 문학과지성사, 2008.

김영하, 『빛의 제국』 문학동네, 2006.

가드너, 『모자철학』 이창배 옮김, 범우사, 2003.

박경리, 『토지』 솔, 1994.

심노숭, 『눈물이란 무엇인가』 태학사, 2001.

이청준, 『축제』 문학과지성사, 2016.

이청준, 『인문주의자 무소작 씨의 종생기』 문학과지성사, 2016.

라이터 마리아 릴케, 『릴케 시집』 송영택 옮김, 문예, 2014.

에리히 프롬, 『소유냐 존재냐』 차경아 옮김, 까치, 1996.

제바스티안 브란트, 『바보배: 1494년 출간된 세상 모든 바보들에 관한 원전』, 노성두 옮김, 안티쿠스, 2006.

아리스토텔레스, 『니코마코스 윤리학』, 강상진, 김재홍, 이창우 옮김, 길, 2011.

미하이 칙센트미하이, 『몰입의 즐거움』, 이희재 옮김, 해냄, 2007.

로마노 과르디니, 『삶과 나이: 완성된 삶을 위하여』, 김태환 옮김, 문학과지성사, 2016.

로버트 프로스트, 『걷지 않은 길』, 이상옥 옮김, 솔, 1995.

제임스 잉글리스, 『인류의 역사를 뒤흔든 말, 말, 말』, 강미경 옮김, 작가정신, 2011.

애덤 스미스, 『도덕감정론』, 박세일·민경국 옮김, 비봉출판사, 2009.

카프카, 『소송』, 이주동 옮김, 솔, 2017.

플라톤, 『국가』, 백종현 역주, 서광사, 1997.

엘리아스 카네티, 『군중과 권력』, 강두식·박병덕 옮김, 바다, 2010.

가스통 바슐라르, 『촛불의 미학』, 이가림 옮김, 문예출판사, 2001.

조르조 아감벤, 『호모 사케르: 주권 권력과 벌거벗은 생명』, 박진우 옮김, 새물결, 2008.

존 롤즈, 『정의론』, 황경식 옮김, 이학사, 2003.

자크 르레베르, 『장례식에 가는 달팽이들의 노래』, 오생근 옮김, 문학판, 2017.

텐도 아라타, 『애도하는 사람』, 문학동네 2010.

이청준, 『흰옷』, 열림원, 1994.

에른스트 블로흐, 『희망의 원리』, 박설호 옮김, 열린책들, 2004.

도스토예프스키, 『죄와 벌』, 홍대화 옮김, 열린책들, 2002.

데리다, 『환대에 대하여』, 남수인 옮김, 동문선, 2004.

푸슈킨, 『삶이 그대를 속일지라도』, 최선 옮김, 민음사, 1999.

오노레 드 발자크, 『고리오 영감』 박영근 옮김, 민음사, 1999.

캐런 레이비치, 앤드류 샤테, 『회복력의 7가지 기술 : 긍정심리학의 트라우마, 외상 후 스트레스 장애, 외상 후 성장』 우문식, 윤상운 옮김, 물푸레, 2014.

박민규, 『삼미 슈퍼스타즈의 마지막 팬클럽』 한겨레신문사, 2003.

르 클레지오, 『홍수』 신미경 옮김, 문학동네, 2016.

김중혁, 『악기들의 도서관』 문학동네, 2008.

김애란, 『비행운』 문학과지성사, 2012.

이청준, 『벌레 이야기』 문학과지성사, 2013.

이진명, 『밤에 용서라는 말을 들었다』 민음사, 1992.

폴 에얼릭, 로버트 온스타인, 『공감의 진화: '우리' 대 '타인'을 넘어선 공감의 진화인류학』 고기탁 옮김, 에이도스 2012.

헤르만 헤세, 『데미안』 전영애 옮김, 민음사, 2000.

파블로 네루다, 『질문의 책』 정현종 옮김, 문학동네, 2013.

레셰크 코와코프스키, 『위대한 질문: 의문문으로 읽는 서양 철학사』 석기용 옮김, 열린책들, 2010.

마이클 브룩스, 『물리학을 낳은 위대한 질문들』 박병철 옮김, 휴먼사이언스, 2012.

미하일 바흐친, 『도스또예프스끼 시학』 김근식 옮김, 정음사, 1988.

김열규, 『한국인의 자서전: 뮈토스의 세계에서 질박한 한국인을 만나다』 웅진지식하우스, 2006.

플라톤, 『프로타고라스』 최현 옮김, 범우사, 1989.

보르헤스, 『바벨의 도서관』 김춘진 옮김, 글, 1992.

스티븐 로저 피셔, 『읽기의 역사: 나는 읽을 때 살아 있음을 느낀다』 신기식 옮김, 지영사, 2011.

최시한, 『수필로 배우는 글 읽기』 문학과지성사, 2012.

주희, 『주자어류』 여정덕 엮음, 이주행 외 공역, 청계, 2001.